걸어서 환장 속으로

엄마 아빠,
나만 믿고 따라와요
세 식구가 떠나는
삼인사각 스페인 자유여행

딸 곽민지 지음

차례

아빠

환갑과 은퇴를 동시에 맞은 집안의 가장. 남고에 공대 나와 회사에 입사한 후, 회사에서 해외출장 기회가 있을 때마다 숙소 예산 낮추고 식비 아껴서 출장 일정 외에 어디든 더 보러 다니곤 했지만 자유여행과는 거리가 멀었다. 스페인 여행을 다녀오더니 스페인 노래를 부르는 두 딸의 허세, 천주교 신자의 로망, 나도 나 혼자 어디 좀 가보자 하는 마음을 결합해 스페인 산티아고 종주를 꿈꾸지만, 현실은 아내와 가끔 떠나는 패키지여행이 전부. 이국적인 음식 먹는 걸 좋아하고 술은 더 사랑하는 애주가여서 외국 가서 현지 아저씨처럼 배 두드리며 거하게 술 한잔하고 싶어하지만 "일행도 많은데 왜 자꾸 술 찾아옷" 하고 일리 있는 반대를 하는 아내 덕에 먹으면 눈치도 같이 먹고 안 먹으면 초절정 갈망을 안은 채 귀국한다. 비슷한 식성과 주량, 성격을 지닌 작은딸이 스페인 갈 때마다 와인이랑 진공포장된 하몬을 사 오는데 지구상에 이런 조합이 있다는 것이 환타스틱하다. 우리 딸이 언제 한 번 데려가주겠지, 했는데 저놈도 매일 바쁘기 때문에 드러내놓고 말하지는 않는다.

엄마

엄마로 산 지 30년이 넘었지만 '아줌마'는 아니라고 한다. "옛날에 고3 엄마들 보면 어머 정말 아줌마들이다 했는데 내가 고3 엄마 됐을 때 정말 충격 먹었어" 하는 얘기를 두 자녀가 서른을 넘긴 최근에도 한 적이 있는, 실제로는 손주를 둔 '할머니'지만 아직 받아들일 준비가 안 된 '소녀'감성 충만한 분. 20대에 사랑한 남자와 결혼해서 레전드급 시집살이를 거쳐 이제 좀 시간적인 여유가 생기려고 한다. 아이들 데리고 여행 다니는 걸 좋아하는 부부였기 때문에 어릴 때부터 국내여행은 열심히 다녔다. 다만 혼자서 어딜 찾아다니는 건 무서워서 해외여행은 패키지 투어로 만족했다. JTBC 〈뭉쳐야 뜬다〉에서 헤어롤 챙겨 다니는 아주머니들을 보면서 박수 치며 "어머, 다 내 얘기야!" 한다. 혼자서 여기저기 싸다니는 작은딸을 보며 본인이 다 무서우면서도 한편으로는 참 부러워한다. 여행은 가이드 따라 마음 편하게 하고, 자유여행의 로망은 딸의 이야기로 채우고 있다.

작은딸

작가. 원래는 회사원이었다가 관두고 작가가 되었다. 사람들은 그거 되게 멋있는 줄 아는데 현실은 그냥 찌질하고 고생스럽고 그랬다. 퇴사 후 자발적으로 선택한 찌질하고 고생스러운 삶에는 여행도 포함되는데, 엄마에게 '겁도 없이 어떻게 그러고 다니냐' 소리 들을 것들은 다 한다. 카우치서핑도 하고, 호스텔에서 자고, 동틀 때까지 파티도 하고, 항구에서 밤새다 얼어죽을 뻔도 하고. 스페인은 스물한 살 때부터 일로든 여행으로든 여러 번 오갔는데 좋은 걸 볼 때마다 엄마 아빠 생각이 났다. 라스팔마스 산꼭대기에 뷰가 예뻤던 성당, 그라나다에서 안주 공짜로 주는 바, 론다의 누에보 다리 같은 곳이 그랬다. 〈꽃보다 할배〉 스페인 편을 보면서 뒤에서 아는 척 자랑질은 혼자 다 했다. "나 저기 알아", "나 저기 가봤어", "내가 저기 갔을 때 무슨 일이 있었는지 알아?" 해가며. 듣는 엄마 아빠 리액션이 좋길래 작가 특유의 MSG를 뿌려서 생생하게 전했다. 어르신 모시고 다니면서 개고생하는 짐꾼이 미래의 내가 될 거라는 생각은 하지 못한 채. TV 속 저 짐꾼은 매니저도 있고 제작진도 있고 현지 코디라도 있지, 그걸 지가 다 할 거란 걸 알았으면 그때 작작 나불댔어야 했는데.

사건의 발단

입방정 글방정의 말로

"이런 거말고.
엄마 아빠는 자유여행 하고 싶어.
너하고, 스페인에 가서, 너처럼."

이게 이 모든 환장의 발단이었다.

아버지가 은퇴를 하셨다. 그리고 환갑도 맞으셨다(환갑에서 환장파
티가 시작된 것은 우연의 일치가 아닌지도 모른다). 아버지의 은퇴가 우리
가족에게 특별한 것은, 아버지뿐만 아니라 어머니에게도 상징적인 일
이기 때문이다. 아버지와 결혼하면서 일을 그만두고 전업주부가 된
어머니가 가정을 돌봐주신 덕에 아버지가 회사에서 일하실 수 있었다
는 점에서, 당연히 아빠의 은퇴는 엄마의 공도 함께 축하해 마땅한 빅
이벤트였다.

그래서, 두 딸과 사위는 환갑 선물로 스페인 패키지여행을 준비했

다. 왜 하필 스페인이냐면, 일단 작은딸(필자)이 대학교 때 처음으로 용돈을 모아서 갔던 유럽 국가가 스페인이었기 때문이다. 사실상 난 생처음 가는 '서양' 여행에 호텔비를 충당할 돈은 없었으므로 친구들과 알바비를 모아 한 달간 집을 렌트했고, 작은 집에 네 명이 모여서 한 달간 신나게 추억을 만들고 왔다. 난생처음 본 유럽이어서인지 첫눈에 반해, 그때부터 스페인, 스페인 노래를 부르면서 틈만 나면 갔다. 첫 직장을 그만두고 아일랜드에 3개월간 있을 때도 그중 한 달은 스페인을 돌아다니는 데 썼을 만큼.

사골처럼 우려먹는 스페인 이야기를 들은 언니는 결혼과 동시에 형부를 꼬셔서 스페인에 갔다. 그리고 당연히 '스페인 최고시다! 민지가 뻥친 게 아니더라고!' 하고 호들갑을 떨었다. TV에 〈꽃보다 할배〉 스페인 편이 본방 재방 삼방을 할 때마다 두 딸은 추임새를 넣어가면서 자랑을 했다. 때로는 네 명의 '꽃할배'들보다 두 딸의 오디오가 더 겹쳤던 날들도 있었다. 이쯤되면, 보내주지는 못할망정 이것들이…… 라고 생각하고도 남을 상황이었다. 그래서, 아버지 은퇴와 환갑을 기념해 두 분을 스페인에 보내드리자고 마음먹었다. 특히 와인과 하몬을 좋아하시는 아빠에게 의미 있는 선물일 거라 믿었고, 엄마도 근 10년간 듣기만 한 스페인을 직접 가보고 싶어하셨기 때문이다.

물론 선물은 패키지여행 상품이었다. 정확한 날짜는 엄마 아빠의 일정에 맞춰야 한다는 문제가 있었기 때문에, 우리 예산에 맞는 패키지여행 상품 팸플릿을 첨부하고 이 정도 가격대의 여행을 보내드리겠다는 여행권을 제작해서 드렸다. 혹시 장거리 여행을 부담스러워하실 경우를 대비해서, 만약 행선지를 바꾼다면 차액은 알아서 쓰셔도 좋다는 내용을 포함해 추가적인 세부사항을 '이용약관'에 적었다. 이건 그냥 재미로, 웃기려고.

엄마 아빠가 집을 비우셨다가 아침에 오시는 어느 날 새벽부터 난리를 피우면서 스페인 콘셉트 파티를 준비했다. 스페인 음식에 상그리아에…… 벽엔 여행 사진도 붙였다. 파티는 대성공이었고, 우리는 흐뭇하게 앉아서 식사를 했다. 즐겁게 식사를 마무리하고, 뿌듯한 마음으로 잠자리에 들었는데 다음날 엄마가 팸플릿을 가지고 왔다.

엄마   민지야, 여기 너희가 만들어준 환갑 선물 '이용약관'에 이런 조항이 있더라고.

이용약관 발췌

준비한 패키지여행의 판매 가격인 ○○○원 안에서 모든 옵션을 추가/변경할 수 있다. 예를 들어 동남아 휴양지로 변경할 경우 차액은 모두 용돈으로 지급하며, 두 딸을 부리는 인건비는 ○원으로 산정한다. 여행에 필요한 쇼핑 등 여행과 관련된 모든 부분에서 딸들은 노예처럼 부릴 수 있다. ○○○원을 초과하는 옵션의 경우 추가금을 자비 부담하여 활용할 수 있다.

얍얍!

웃자고 넣었던 건데, 엄습하는 불안.

딸   그래서? 쇼핑 나갈까? 아님 나라를 바꾸고 싶어?

엄마　응, 엄마도 아빠 은퇴 선물을 해주고 싶어서 모아놨던 돈이 있었는데…… 그걸 추가할 테니까 니가 가이드를 하고 자유여행을 했으면 좋겠어. 〈꽃보다 할배〉 짐꾼 이서진처럼.

자유여행에 짐꾼이라뇨 엄마…….

딸　조, 좋지. 근데 엄마, 자유여행 생각보다 되게 힘들어. 내가 맨날 재밌다고 해서 그렇지 그게 막상 이동할 때 버스가 없고 그렇다는 건……

엄마　엄마 아빠는 너희처럼 배낭여행 한 번 해본 적이 없잖아. 맨날 버스에서 타세요, 하면 타고 내리세요, 하면 내리고……. '여기서 30분 드릴게요!' 하면 쫓기면서 보고. 그런 여행말고 마음에 들면 원없이 머무르고 여유 있게 맛있는 거 먹고 그러는 여행이 하고 싶어. 엄마 아빠도 환갑이잖아. 네 말대로 앞으로 점점 자유여행이 힘들어질 텐데…… 지금이 아니면 평생 해볼 수 없을지도 모르잖아. 네 체류비나 항공비 같은 건 엄마가 아빠 선물하려고 모은 돈으로 보탤게.

읽으시는 분들 중에서, 엄마의 이 말에 반박 가능하신 분……?

특히 내가 더더욱 반박할 수 없었던 이유는, 이것이 엄마 아빠에게 내 삶을 설득시켜온 논리였기 때문이다. '지금이 아니면 평생 해볼 수 없을지도 몰라.' 환갑을 맞은 엄마 아빠에게는 정말로 그랬다. 내가 어디서 주워들은 이야기를 바탕으로 30대나 40대에 뭔가를 도전하면 세상이 뒤집히는 줄 알고 했던 철없는 말이 아니라, 정말로. 다른 사람은 몰라도 나는 이 이야기에 입 꾹 닫고 무조건 수긍할 수밖에 없었다. 심정적으로나 금전적으로나 반박할 논리가 없는 것이다. 가장 중요한 건 이 대화를 하던 시점에,

내가 백수였어. 스케줄이 없어.

딸이 프리랜서라 좋은 순간 한 번 정돈 우리 부모님한테 와야 하지 않겠나 싶었던 것이다. 남편이 30년간 한 직장을 다녔고, 딸도 그렇게 되기만을 바랐던 우리 엄마. 그러던 어느 날 딸이 방송작가를 하겠다고 회사 그만두고 퇴직금 다 쓰고 와서는 엄마 친구 딸들과 다른 모습으로 살고 있다. 집에 차 마시러 손님이 와 있던 어느 날, 집에 있는지도 몰랐던 딸이 오후 1시에 부스스 일어나 손님도 놀라고 엄마도 놀랐던 경험, 반대로 며칠 만에 야상에 거지꼴을 하고 집에 와서는 일주일 잠 몰아 자겠다는 듯 이틀을 죽어 있던 경험. 엄마처럼 표준의 삶을 살아온 사람이 그런 나의 삶을 화병 없이 지켜보려면 끝없는 체념과 정신승리를 거듭해왔으리라. 그런 의미에서 한 번쯤은, "아이고 우리 딸이 프리랜서라서 이런 건 좋네!" 할 일이 있어도 좋지 않겠나 싶은 생각이 들었다. 때마침 맡았던 프로그램이 끝나서 나는 백수였다. 다른 평계를 대자니 남들 잘 때 일어나서 남들 일어날 때 자는 백수한량의 모습을 며칠간 이미 너무 보여준 상태여서 업무 같은 걸로 빠져나갈 구멍은 없었다.

딸 근데 아빠가 불편해서 그걸 같이 하자고 하겠어? 아빠 의견도 들어봐야지.

엄마	아빠는 평생소원이었대. 너무너무 좋대.
딸	엄마 생각 아니야?
엄마	너~무 너무너무 좋대. 진짠데.
딸	(아빠에게 전화 옴.) ⋯⋯알았어. 엄마한테 들었어. 알았어.

여러분, 어디 가서 계약서나 이용약관 이런 거 쓸 때 정신 똑바로 차리셔야 합니다. 어딜 가나 입방정 글방정 떠시면 안 되고요. 저는 심지어 이런 것도 (역시 그냥 재밌자고) 썼었어요.

이용약관 발췌

환갑 스페인 여행 요청사항에 관련해서는 그 어떤 짜증 없이 노예처럼 임한다.

'100만 원 더 낸다'보다 어려운 미션 아니냐⋯⋯.

그래서, 실제로 거부권도 없었지만 가기로 마음먹었다. 그래, 엄마 아빠 친구 딸들 중에서 회사 눈치 안 보고 얼마든지 돌아다닐 수 있는 직업 가진 자식이 얼마나 되겠어. (미고용 상태인 일용직 노동자는 눈치볼 회사가 없기 때문.) 눈치볼 회사가 없는 백수상태인 게 좋은 날도 있어야지. 이러다가 또 죽도록 바빠서는 밥 한끼도 제대로 못 먹는 시즌이 올지도 모른다. 엄마와 아빠가 자유여행에 관한 의지가 있고 동시에 내가 백수인 기간이 겹친다는 것은 하늘이 내린 효도찬스일지도 몰라. '이런 거라도 좀 해라, 너 같은 딸 둬서 좋은 날도 있어야 하지 않겠니?' 하고. 함께 여행경비를 보탠 언니와 형부는 회사와 육아 때문에 가지 못하는 대신, 내가 열심히 가계부와 일정표를 짜가면서 촌각을 다투는 여행 준비를 시작하게 되었다.

'피할 수 없으면 환장한다', '무엇을 상상해도 더 환장할 것이다', '무자식이 무환장'……. 어디에 넣어도 귀신같이 옳은 말이 되는 대환장의 여정이 시작되었다.

은퇴한 환갑 부모님과 30대 딸의 스페인 현실여행,
〈걸어서 환장 속으로〉!

'걸어서 환장 속으로' 진입에 앞서

사실 부모님과 자유여행을 하는 것은 비단 부모님만의 로망만은 아닙니다. 혼자 여행 다니면서 엄마 아빠 생각에 뭉클했던 경험들은 모든 여행자들에게 있으니까요. 그리고 끝까지 그 여정을 함께해본 입장에서 정말로 꼭 해봐야 할, 감동적이고 뜻깊은 경험입니다.

자, 효녀 효자 유나이티드 여러분. 그러면 이제 경험자로서, 자유여행을 부모님과 가고 싶다면 여러분이 꼭 알아야 할 점 몇 가지를 밝혀둡니다. 일단 결론 먼저 이야기하고 뒷얘기를 이어가보겠습니다. 빠밤.

내 부모님도 그냥 아줌마 아저씨입니다.

이 모든 여정을 안전하고 행복하게 마치려면, 자기 부모님을 객관적으로, 상당히 먼발치에서 보려고 노력해야 합니다. 제 친구는 이것을 결혼식과 같다고 했습니다. "우리 엄마 아빠는 다 예외일 줄 알았거든? 근데 새로운 면 많이 봤어. 그냥 모르는 아줌마 아저씨더라. '아저씨/아줌마, 이러지 좀 마시죠' 소리 나올 일은 나서서 미리 선을 그어 줘야 모두가 행복하거든" 하면서요. 자유여행에서도 그렇습니다. 사랑만 가지고는 아무것도 못합니다. 개개인이 순간순간 행복해야만 우리의 여행도 성공할 수 있는 거예요. 여러분에 대한 사랑으로 부모님이 인내해줄 수 있는 것도 한계가 있고, 여러분도 부모님에 대한 사랑으로 극복할 수 있는 데 한계가 있습니다. 그러면 자유여행을 앞둔 부모님들이 꼭 하시는 얘기 몇 가지를 예로 들어 설명해보겠습니다.

"우리 딸이 데려가면 아무데나 좋지. 엄마 신경쓰지 말고 결정해."

이거 거짓입니다.

엄마가 거짓말을 했다는 게 아니라 엄마의 심정만 진실합니다. 여기서 어머니가 말씀하시는 '아무데나'는 어머니 기준입니다. 저를 예로 들어볼까요? 저는 호스텔 20인실에서도 잘 잡니다. 새벽까지 돌아다니며 파티 잘합니다. 여행할 때 계획 잘 안 짭니다. 특히 유명 관광스폿은 멀리서만 보지 입장권 내고 들어가는 걸 싫어합니다. 아침에 나오자마자 동네 바 아무데나 가서 맥주 한잔 마시는 것부터 시작합니다. 숙소에 돈 왕창 아껴서 먹는 데 다 씁니다. 이런 제가 '아무데나'에 저희 어머니를 데려가잖아요? 호래자식입니다.

엄마의 삶을 떠올려봅시다. (우리 엄마 기준) 엄마는 여행 자체를 잘안 가십니다. 항상 생활비 아끼면서 사시다가 야금야금 모은 돈으로 여행계를 해서 최근에 패키지여행 몇 번 다니신 것이 어머니가 아는 여행일 가능성이 굉장히 높습니다. 여기서 두번째 전제가 나옵니다.

부모님의 기준은 패키지여행에 맞춰져 있습니다.

이건 사실 장점도 있습니다. 패키지여행에서 못하던 걸 자유여행에서 할 때 굉장히 감동하신다는 장점요. 어쨌든 '패키지여행'을 주로 다닌 대다수의 대한민국 '아줌마' 혹은 '아저씨'이기 때문에, 어머니 아버지의 '아무거나'에는 다음 사항이 포함되어 있다는 것을 빨리 받아들이셔야 합니다.

어머니, 아버지가 말하는 '아무거나'
- 패키지여행에서의 숙소 컨디션
- 간간이 한식 제공
- 적어도 1일 2관광지, 1맛집을 포함한 뭐라도 짜인 일정
- 변수가 있으면 안 됨

그럼 지금부터, 여행에 필요한 각종 예약과 진행을 앞둔 우리가 부모님의 말을 어떻게 이해해야 하는지, 그리고 그 외에 우리가 고려할 것은 뭔지 열거해보겠습니다. 긴긴 이야기지만 깔때기 같은 전제는 '우리 엄마 아빠도 그냥 아줌마 아저씨다'입니다. 엄마 아빠를 향한 애정필터를 과감하게 걷어내시고, 그저 두 중년의 패키지여행을 책임질 가이드의 마음으로 읽어보세요. 아직 취소 수수료 안 나오는 곳들은 빨리 취소 및 변경해서 광명을 찾으세요.

체크포인트

부모님과의
해외 자유여행을 꿈꾸는
이 시대의 자식들이
알아야 할 일곱 가지

1. "엄만 아무데서나 잘 잔다"

아니요. 엄마랑 살던 시절을 떠올려보세요. 어머니가 제 방 문을 엽니다. "방을 이렇게 돼지우리같이 해놓고 어떻게 사냐!" 잉? 저는 아무 문제없이 잘 살고 있습니다만? 귀신 나오겠다, 잠이 오냐, 사람이 어느 정도 정리를 해놓고 살아야지 등등…… 독립을 하고 나서도, 엄마가 내 집에 온다고 하면 택시 타고 미친듯이 퇴근해서 급하게 치워댔던 이유가 다 뭡니까? 엄마는 이러고 사는 꼴을 못 보시기 때문이죠. 안 그래요?

엄마의 '아무데서'는, 어느 정도 깔끔한 룸 컨디션을 유지하는 숙소인 상태에서 다른 일행과는 확실히 독립된 공간이 보장되는 곳을 뜻합니다. 호스텔……. 개별 방이면 모르지만 당연히 안 될 확률이 높습니다. (물론 '아무데서' 잘 주무실 분들이 계실지도 모르겠습니다만 흔하지는 않습니다. 그리고 저희 부모님이 20인실에 주무시지 않을 거라고 확신하는 것이 저희 부모님이 유난스러운 성격이라거나 쿨하지 못함을 의미하는 건 아닙니다. 각자 예산이 허용하는 범위 내에서 쓸 거 쓰고 줄일 거 줄이는 게 자유여행의 기본이고, 어디서 줄일 것인지는 각자 살아온 삶을 토대로 봤을 때 언제 심리적인 압박을 덜 느끼는지가 기준이 될 뿐이니까요.) 그런데 저희 고객님들은 어디에 익숙하다? 패키지여행에 익숙하지요. 패키지 여행엔 뭐가 있다? 버스가 있습니다. 그런데 자유여행 하는 우리한테는 그런 거 없죠. 그래서 패키지여행처럼 싸다고 숙소를 외곽에 잡았다가는 난리납니다. 시내 중심으로 잡자니 또 스페인 호텔 가격이 어마어마해서 걱정되기 시작합니다. 셋이 자도 마찬가지고요. 일정이 2주를 넘는 저희 같은 경우는 더더욱 그래요. 예산 자체도 문제지만 호텔 가격을 보는 순간 부모님 마음까지 불편해질 가능성이 높지요.

이제 나를 돌아볼 차례입니다. 나는 엄마 아빠와 잘 수 있는가? 아니요. 솔직히 엄마 아빠는 오히려 별 신경 안 쓰실 수도 있습니다. 이런 면에선 엄마 아빠가 훨씬 쿨합니다. "엑스트라 베드 놓고 셋이 자면 되지 뭐~ 어릴 때는 뭐 안 그랬나~" 이번에는 내가 유난입니다. 함께 못 자요. 엄마 아빠가 피곤하면 코 고실 수도 있고, 심지어 피곤하면 저도 골 수 있지요. 엄마 아빠는 대체로 머리만 대면 잘 주무십니다. 그러면 세 사람이 동시에 여행하다 지쳐서 코를 골며 잘 경우가 온다는 건데, 대참사는 마지막에 자는 자에게만 옵니다. 외국까지 가서 새벽에 자면 큰일나요. 저는 새벽에 자서 오후 2시쯤 외출을 시작해도 되는데, 제가 아까 언급했듯이 부모님은 그런 여행, 태어나서 들어본 적도 없습니다. 아무리 관대하게 마음먹어도 12시 전에는 숙소를 나서줘야 서로의 정신건강에 좋아요.

그리고 현실적으로 가이드를 담당할 나는 숙소에 돌아오면 재정비가 필요합니다. 내일 뭐할지 살펴보고, 체크하고, 변수가 생기면 변경 예약도 알아보고. 그러고 있으면 부모님은 마음 불편해서 "엄마는 아무데나 상관없으니 그만하고 자라"하실 확률이 높아요. (진심으로.) 하지만 내 입장에서는 부모님 놀라시지 않게 뭐라도 알아보고 자 줘야 마음이 편합니다. 독립된 공간은 그래서 중요해요.

이 모든 걸 충족시키는 것은, 에어비앤비 같은 공유 숙소에서 방 2개 이상의 집을 통으로 빌리는 것입니다.

스페인에 호텔이 많긴 하지만 당연히 가격이 꽤 나가는데, 이게 일반 집이 되면 얘기가 달라집니다. 서울 시내 한복판에 있는 호텔은 1년에 한 번도 비싸서 가볼 일이 없지만 저는 서울 시내에 살고 있잖아요. 여기서 가격 경쟁력이 발생합니다. 호텔에서 1인이 1박 할 가격으로 완전 한복판에 있는 숙소를 싸게 예약할 수 있습니다. 저희는 방 2개, 주방이 있고 남들과 공유하지 않는 집을 기준으로 예약했습니다. 세 명이서 스페인 주요 도시 한복판 숙소를 12만 원에서 15만 원 사이에 예약할 수 있었어요.

주방이 있기 때문에 하루 일정이 끝나고 라면 하나 먹고 싶어하실 때 함께 먹기도 좋았고, 마트에서 스페인 와인 사다가 온갖 현지 과일 채소와 함께 한잔하면서 마무리하는 재미도 있었습니다. 그리고 이건 살짝 뭉클하면서도 짠한 이야기인데, 전업주부 어머니들은 뭔가 싸게 해 먹는 데에서 굉장한 희열을 느끼실 때가 있습니다. 밖에서 뭘 먹을 때 "이거 엄마가 할 수 있을 것 같아" 하시고는 다음날 짠 내놓으신 적이 있어요. 과일도 풍족하게 깎아놓고 "한국 가면 이게 얼마야~" 하면서 기뻐하시고요. 거의 대부분 외식을 했기 때문에, 아침에 간단하게라도 뭔가 새로운 걸 해 먹어보는 걸 재미있어 하셨던 것 같아요. 물론 가이드인 저는 맛집 기껏 찾아놨는데 자꾸 위장 용량을 갉아먹는다고 싫어했지만, 마술처럼 짠짠 내놓고는 설레는 표정으로 가족들 먹는 모습을 지켜보던 엄마는 참 대단하고 귀여운 것 같아요. 처음에는 제발 여기까지 와서 그러지 마, 싶었는데, 나중에는 못하게 하는 것에 더 스트레스 받으셔서 그냥 됐습니다. 엄마 새삼 고마워요!

2. 엄마 아빠는 나이가 많습니다

이게 무슨 '음식이 싱거우면 소금을 친다' 같은 리빙포인트야……
싶겠지만, 버스가 없기 때문에 중요합니다. 숙소 예약할 때 반드시 주소를 알아내서 우리가 이용할 교통수단에서 얼마나 걸리는지 확인하는 건 기본이고요. 만약 그게 지하철인 경우 숙소 근처 출구에 엘리베이터는 있는지, 숙소 자체에는 엘리베이터가 있는지 등을 미리 문의한 후 예약하시길 추천드려요. 호스트들 중에서는 "우리집 3층인데 엘리베이터가 없지만 내가 들어서 옮겨줄 수 있어!" 하는 경우도 있으니 미리 알아두시면 좋겠지요.
그리고 추가로, 힘들게 걷거나 언덕을 올라가야 하는 경우 미리미리 부모님에게 알려주는 게 좋습니다. 말하고 안 하고는 천지차이입니다. 우리의 모든 여정에서는 나를 포함한 우리 세 사람의 스트레스 관리가 가장 큰 변수인데, 대부분의 부모님은 자식이 미리만 말해주면 자식의 노고를 생각해 힘을 내주시거든요. "20분 뒤에 역 도착하면 거기서 출구까지는 들고 올라가야 해. 엘리베이터가 없더라고.""엘리베이터는 없는데, 집주인이 짐 옮길 때 도와준대. 그러니까 사양 안 하고 도움받자.""이번 숙소는 여기서 도보로 12분이야. 조금 걸을 마음의 준비하셔야 해요." 그러면 부모님이 대부분 "아이고 그 정도도 못 걷는 할매 아니다" "그런 것도 알 수 있어? 고생했네" 등등 마음에 무장을 해놓고 지하철을 내리시기 때문에 괜찮아요. 굳이 그런 말 한마디 듣는 게 중요한 건 아니지만, 12분 걸으면 된다는 걸 알고 걸으면 피로감이 훨씬 덜하잖아요.

3. "엄마 아빠 아무거나 잘 먹어"

아닐걸요? 진담인데 우리 입장에선 뻥입니다. 이 '아무거나'도 패키지여행에서 주는 식사 내지는 한국에서 한국인 입맛에 맞춘 요리가 부모님이 경험하신 폭이라고 생각하셔야 합니다. (이런 면에서 자유여행은 진짜로 뜻깊은 경험입니다. 엄마 아빠의 살아온 삶에 대해서 진짜로 생각해볼 일이 생각보다 많지 않거든요.) '엄마 아빠 아무거나 잘 먹는다더니 왜 이렇게 불만이 많지?' 하고 불평하지 마세요. 엄마 아빠도 우리처럼 돈 모아서 여행 갈 생애 주기적 여유, 기본적인 현장박치기 영어가 가능한 정도의 삶의 기회, 그리고 인터넷 정보 검색 노하우 등이 있었으면 나처럼 다채로운 입맛 충분히 가질 수 있었어요. 쉽게 말해 나 없었으면 엄마 아빠도 나처럼 월드와이드 입맛 가진 사람이 될 기회가 있었어요. 부모의 삶에서 겪은 고생을 자식이 모두 보상해야 한다는 것에 저는 동의하지 않지만, 삶의 과정에서 오는 문화적 차이인데 딴 사람은 몰라도 나는 그걸 외면하거나 남 일처럼 대응하지 말자는 이야기입니다. 안 그래도 입맛 안 맞아서 속상한데, 거기서 서러움까지 얹어주지 말고 그냥 우리가 미리 마음의 준비를 합시다.

실제로 현지 음식에 상당히 가까운 걸 드렸는데 좋아하신다면 그건 럭키예요. 참작하면 됩니다. 예를 들면 저희 아버지는 고수와 하몽 마니아예요. 그런데 우리는 세 명이니까, 모두가 행복해할 선택을 하는 게 참 어렵습니다. 주방 있는 숙소가 가끔 고개를 드는 한식 욕구를 해소해준다 치고, 현지 맛집은 뭘 기준으로 정할까요?

4. 맛집은 이렇게 추려보세요

먼저, 엄마 아빠가 스페인에 가면 뭘 먹고 싶어할지를 생각합니다. '뭐 먹고 싶어?' 해봤자 당장 뭔가를 떠올려서 지정하지 못하실 수 있습니다. 뭐가 있는지 알아야 고르죠. 그럴 땐 백 번 본 여행 프로를 다시 틀고 리액션을 구경합니다. "이야 저거 끝내주네." "어휴 맛있겠다." 하시는 것들을 체크합니다. 추로스 있겠고, 아빠는 하몽, 파에야도 좋아하셨던 것 같네요. 그리고 내가 경망스럽게 입 털었던 음식들도 떠올립니다. 소꼬리찜, 꼴뚜기튀김, 스페인 곱창 조림 등등……. 그 메뉴의 전설적인 식당을 먼저 픽스합니다. 예를 들면 추로스의 경우, 마드리드에 있는 〈산 히네스〉가 워낙 유명하니 굳이 다른 곳 안 찾아도 되겠지요. 명동의 올타임 레전드 맛집은 뭐다? 엔간해선 망하지 않는 '서울 칼국수' 원톱은 뭐다? 〈명동교자〉. 그런 집이 있는 메뉴라면 일단 우선 배치를 하고 나머지를 고민합니다.

다음, 트립어드바이저에서 맛집을 찾아봅니다. (트립어드바이저가 무슨 진정한 맛집이냐! 관광객이 짱짱 많이 가잖아! 논쟁하지는 않기로 합니다. 우리가 '외쿡인'임을 겸허하게 받아들이고, 할 수 있는 선택을 하는 거니까요. 우리 모두는 할 수 있는 최선을 다하고 있다고 믿고 서로를 다독입시다.) 나 혼자 갈 거면 여기 아무데나 가도 됩니다. 가서 "와, 치즈 곰팡이 냄새 오져, 한국 사람 아무도 못 먹을 듯" 하고 나름의 좋은 추억 만들고 와도 되는데, 부모님이 함께 가시면 문제가 달라집니다. 다수의 행복을 위해서 네이버를 돌려봅니다.

놀랍게도, 진짜 유명한 트립어드바이저 맛집인데 네이버에 리뷰가 진짜 없는 경우가 있습니다! 이런 경우 눈물을 머금고 제외합니다. 왜냐면 우리는 리스크를 최소화해야 하니까요. 여기서 도전정신을 반드시 억눌러야 하는 이유는, 이 여행의 씨앗이 된 엄마의 말, "우리가 언제 또 자유여행을 해보겠니"는 팩트이기 때문입니다. 생소한 맛에 대한 도전은 나 혼자 합시다.

그렇게 과감하게 제치면 이제 나머지 맛집의 리뷰를 봅니다. 경험상 여기서 피해야 할 집은 "한국 사람이 80%예요" 혹은 반대로 "한국 사람 입맛엔 안 맞는 듯" 이런 집입니다. 전자가 안 되는 이유는 그러면 패키지여행과의 차별점이 없어지기 때문이고, 후자가 안 되는 이유는 위에서 언급했으므로 넘어가겠습니다. 베스트는 "여기 현지인 바글바글한데 한국 사람 입에도 잘 맞던데요?"입니다.

그리고 그 가게 이름으로 구글 이미지를 검색합니다. 거기서 제일 많이 등장하는 그 메뉴를 시킵니다. 왜냐하면 그게 실제로도 대표 메뉴이기 때문이고 (외국 친구가 〈명동교자〉 평생에 한 번 가는데 비빔면 시키면 도시락 싸 들고 말려야죠? 팔도비빔면 보내주고 칼국수 시켜줘야죠.) 만약 주변 테이블이 다 A를 먹는데 우리 테이블만 B를 먹는 경우, 부모님은 '뭔가 잘못되었다'라고 인지할 확률이 높습니다. 그냥 맘 편하게 남들 먹는 걸 먹는 게 좋습니다. 론다 소꼬리찜이 그랬어요. 다른 것도 다 맛있기는 했는데, 대표 메뉴가 그거여서 먹었습니다. 물론 소꼬리찜, 이름부터 망할 수가 없지요.

5. 잘 외운 메뉴 하나, 평생 사골 된다

내 자식이 외국 가서 스무스하게 주문을 한다는 것, 이거 굉장히 자식뿡이 차오르는 순간입니다. 그게 그 나라 언어를 유창하게 해야 한다는 뜻이 아니에요. 추로스집 가서 "(손가락 1) 추로스, (손가락 1) 뽀라스, (손가락 2) 초콜라떼!" 이런 거를 리뷰 볼 때 괜히 알아봤다가 써먹으라는 겁니다. 먹물파에야집이라면 '먹물파에야'를 스페인어로 뭐라고 하는지 커닝했다가 메뉴에서 콕 찍으세요. 그러면 눈치 없이 웨이터가 그다음 질문을 할 텐데, 동문서답이거나 말거나 용기를 내서 음료를 시키세요. 그냥 물/탄산수/맥주/레드와인/화이트와인 같은 걸 알아갔다가 말해봅시다. 웨이터 입장에서는 뭔 외국인이 와서 손가락과 세상 어설픈 단어만으로 어버버하길래 알아들은 것만 주문받고, 불쌍해서 긴말 안 묻고 돌아선 것인데, 이게 귀국 후에 한 3개월이 지나면 "걔가 스페인어로 프리토킹을 하더라" 정도의 무용담이 됩니다. 그 정도 뻥튀기는 아니더라도 어쨌거나, '해외에 나가서 음식을 주문하더라' 하는 것은 엄청난 에피소드예요. '저것을 내가 키웠다니!

우리 민지 하고 싶은 거 다 해!' 소리가 절로 나옵니다. 그리고 이렇게 생각하실 확률이 높아요. "자유여행 오길 잘했다." "저놈 낳아 키운 건 더 잘했다!"

6. 엄마 아빠와 나 사이의 문화 차이를 인정합니다

많은 엄마 아빠들에게 외국에서 현지인과 얽혀 혼자 돌아다닌 경험이 없습니다. 당연히 모르는 것들이 더러 있습니다. 덧붙여 꼭 여러 나라를 다니면서 체득해야 알 수 있는 규칙이 아니라도, 솔직히 우리도 작년엔 숨쉬듯 하던 짓이 올해부터는 욕을 먹는 경우가 있잖아요. 룰은 바뀌니까요. 자유여행을 하는 일이 내가 몰랐던 세상의 룰과 나 자신에 대해 알게 되는 일이라면, 부모님과 함께하는 자유여행은 엄마 아빠의 세계를 알게 되는 일이기도 합니다.

"우리 엄마 아빠는 왜 이런 걸 갖고 짜증내지?" "왜 이런 걸 해달라고 그러지?" 하지 말고 "엄마 아빠가 이런 일을 겪을 일이 있었던가?" 생각해보면 내가 겪는 스트레스도 훨씬 줄어들어요. 값싼 식당이 아닌데도 서비스가 느릴 때, 유럽 집 벽들이 얇아서 내 돈 주고 예약한 숙소에서 큰 소리로 대화하지 못할 때, 빨리 계산하고 나가고 싶은데 테이블에서 계산하고 또 잔돈을 테이블에서 기다려야 할 때……. 여행하면서 그런 순간을 엄마 아빠가 직면하게 되면 우리가 그 상황에 처음 놓였던 때를 떠올려서 '여긴 그렇더라고' 하고, 마음으로라도 같은 편이 돼주세요. 내가 이 불편에 익숙해졌다고 엄마 아빠도 내가 겪은 과정을 똑같이 겪어온 건 아니니까요. 물론 여행중에 만난 모르는 중년 부부가 그런 이야기를 했다면 "여긴 한국이랑 다른데, 부정적이시네" 할 수 있지만, 우리가 사랑하는 사람이 그렇게 말하면 내일은 그런 기분 느끼지 않게 오늘 마음을 쪼개서 말해주는 게 좋은 것 같아요. "그치? 한국은 참 모든 게 빨라. 나도 처음 여행할 때는 너무 성질 났었는데 여긴 다 그렇더라고. 좋은 점도 있더라."

7. 우리는 사실 남이에요

마치 내가 '우리 엄마 아빠도 그냥 아줌마 아저씨다' 하면서 마음의 준비를 해둬야 더 많은 배려와 현명한 선택이 가능한 것처럼, 엄마 아빠에게도 '자식새끼지만 어차피 남임'을 알려드려야 우리 모두가 행복해져요. 이건 여행 전에 엄마 아빠에게 했던 말을 그대로 인용해드리는 게 전달하기 쉬울 것 같아요.

"엄마 아빠, 우린 서로가 서로를 너무 사랑하지만 저는 엄마 아빠가 말하지 않는 마음을 읽을 수 없거든. 원하는 거, 싫은 거, 포기하면 후회할 것 같은 것들은 미리 말해주세요. 왜냐면 이 여행이 시작되면 저는 매번 선택을 해야 해요. 자유여행은 모든 게 선택 관광이거든요. 일정도 중간에 변경할 수 있고 먹기 싫으면 안 먹어도 되고 과감하게 뻗대리고 싶으면 그래도 되고요. 다만 그 무수한 선택을 할 때 말하지 않은 마음은 추측해서 반영할 수 없어요. 나도 이 시간 이후로 여행중에 내가 원하는 건 의사표현을 할 생각이에요. 그런데 그런 게 많이 없을 거예요. 왜냐면 나는 앞으로도 갈 날이 많고, 이미 다 와본 곳이니까요. 그거는 내가 참는다는 뜻이 아니라 굳이 그럴 생각이 없어서 그런 거고요. 그런데 엄마 아빠는 그렇지 않으니까, 말해주는 게 선택하는 저를 도와주는 길이에요. 한식 먹고 싶어서 못 참겠다! 말하세요. 오늘 피곤해서 난 들어가서 잘래! 싫으면 내일을 위해서라도 무리하지 말고 말하고요. 생각해보면 하루종일 엄마 아빠랑 같이 있었던 적은 초등학교 입학 이후로 은근 많이 없기 때문에, 당연히 서로 어떤 순간에 무슨 생각을 하는지 몰라요. '쟤는 결국 남이지 참' 하면서 말해주면 할 수 있는 최선의 선택을 할게요. 아빠랑 엄마는 연애라도 했으니까, 서로 마음 얻으려고 아등바등해서 여기까지 와보기나 했지. 딸은 그런 입장 안 돼봐서 몰라요. 그러니 원하는 걸 꼭 말해줄 것, 그리고 말해주지 않은 것에 대해 '알아주지 않았다'고 서운해하면서 본인과 다른 일행의 기분을 망치지 않을 것. 요거는 약속합시다!"

그리고 엄마 아빠는 100%는 아니지만, 많은 순간 용기내어 이야기를 해줘서 저에게 정말 큰 도움이 되었어요(엄마 아빠 또 고마워요). 그런데 이 과정에서, 여러분은 엄마 아빠 사이의 어떤 룰을 발견하게 될 거에요. 저는 그랬어요. 아, 불타는 연애하다가 30년을 같이 산 커플은 나름 뭔가가 있구나 하는 걸요. 저는 엄마 아빠가 아니라 아내 남편의 구도에서 그런 걸 관찰할 수 있었던 게 굉장히 흥미롭고 즐거웠어요.

이렇게까지 이것저것 치밀하게 노력하지 않더라도, 부모님과 함께하는 자유여행은 원래 힘들어요. 사랑하는 사람과 같은 여정을 가지고 동행한다는 건 여행이든 연애든 결혼이든 원래 그런 게 본질 같아요. 하지만 그만큼 무엇과도 바꿀 수 없는 순간들로 금방 채워져요.

셋이서 함께 어떤 풍경 앞을 마주할 때, 너무 아름답고 행복한데 지금도 1분 1초가 간다는 게 슬퍼지는 순간들 같은 걸로요.

그러니까 피곤해도 파이팅하세요. 갔다 와본 입장에서 말하는데 진짜 후회 안 하실 거예요. 효녀 효자 여러분, 그리고 예민한 자식들과 동행할 세상의 수많은 엄마 아빠 여러분의 개고생을 응원합니다. 진짜로요!

¡Hola!

엄마의 가방엔
왜 항상
귤이 들어 있는가

잠은 비행기에서 자면 된다.

누가 그렇게까지 하라고 강요한 적도 없건만, 굳이 이것저것 유난 떨고 계획하느라 며칠간 새벽에 잤다. 피곤해서 슬슬 자야지 생각하며 물 마시러 나가면 엄마 아빠가 또 스페인의 꿈을 키우면서 〈꽃보다 할배〉 혹은 〈세계테마기행〉을 눈으로 외우고 있다. 고개를 젖혀 물을 마시고는 다시 졸음을 꿀꺽 삼킨다.

아, 아직은 잘 수 없다.

지친 몸을 이끌고 퇴근한 엄마 혹은 아빠가 잠든 자식을 보면서 '그래, 힘내서 일해야지. 내일도 파이팅이다' 하는 마음의 1% 정도를 그럴 때 살짝 시식하는 것이다. 내가 짠 플랜이 최선인가? 스스로에게 되뇌며 돌아서서 다시 방으로 간다. 여행 갈 때 말고 일할 때 좀 이렇게 자기검열을 빡세게 했으면 지금쯤 떼부자 되었을 것 같은데……. 작은딸의 화력은 효심이라기보다는 매번 노는 걸 앞뒀을 때 본능적으로 나오는 각성에 가까운 것이었다.

작은딸이 밤샘의 아이콘 방송작가라는 사실은 이럴 때 플러스로 작용한다. 어차피 잠은 비행기에서 몰아서 자면 되지! 인터넷 끊긴 채 의식이 있다면 죽고 싶어질 거니까! 생각하는 이상한 논리. 나흘 동안 겨우 5시간 자면서 일하다가 해외촬영 때문에 캐리어를 싸던 시절에 맨날 하던 생각. 어차피 잠은 비행기에서 자면 되니까, 뭐 어때.

몽롱한 상태로 공항에 도착해 미리 온라인에서 주문한 와이파이에그¹를 찾으러 간다. 와이파이에그를 처음 사

¹ 여러 명이 동시에 쓸 수 있는 해외용 와이파이 단말기

봤다. 촬영 가서 공용으로 쓰자고 팀에서 와이파이에그를 사서 4명에 1개꼴로 지급해도, 나는 항상 현지에서 유심을 굳이 또 사서 썼었다. 인터넷 안 되면 못 살고, 이게 돼야 중간에 어딘가로 토껴서 슈퍼에서 과자라도 하나 사 먹지 하는 생각으로. 그런 의미에서 와이파이에그 하나만 주문했다는 것은 그만큼 이 여행에 대한 각오가 결연했다는 증거다.

'절대 개인행동 따위 할 일이 없을 것이다.'

온라인으로 환전해놓은 돈을 찾고, 셔틀트레인을 타고 여객터미널에서 멀어져 탑승동으로 이동한다. 패키지여행은 대부분 국적기를 타는데, 이번 여행에선 엄마 아빠에겐 생소할 외항사. 하필 우연히 나도 한 번도 타보지 못했던 항공사. 여행 준비 첫 단계로 항공권을 구하던 당시, 엄청 저렴한 표가 눈에 띄었다. 해당 항공사를 검색해 평이 어떤지 알아봤다. 수하물 분실에 화가 몹시 나신 분들의 글이 괜히 더 눈에 들어왔다. 원래 어지간한 외항사를 검색하면, 분노에 찬 글들

이 더 전투적으로 눈에 띄는 건 당연하다. 국적기라면 짐 분실에 대해 인터넷에 의견을 구할 정도로 막막하지 않을 것이고 인터넷에 뭔가를 써서 올릴 정도로 절박한 상황은 예외적인 돌발상황일 때가 많으니까. 그걸 알면서도 내가 항공권을 구입하려는 이 항공사에 대한 이야기가 유독 많아 보이는 건 기분 탓일까. 눈을 질끈 감았다. 나 이거 못 봤다, 나 이거 못 봤다. 왜냐면 표가 66만 원이잖아.

좌 엄마, 우 아빠와 게이트를 향해 가는 내내 마음속으로 항공사의 무사 비행, 무사 짐 수송을 빌고 또 빌었다. 다행히 66만 원짜리 항공권은 좌석이 텅텅 비어서 한 사람당 한 줄을 다 차지하고 앉을 수 있었다. 효도를 하도 안 했더니 하늘이 돕는 걸까? 아빠와 나는 통로를 사이에 두고 나란히, 엄마는 내 뒤에서 각자 자리를 여러 개 차지하고 있었다.

아, 이제 이륙하면 자면 되겠다, 안도감이 몰려왔다. 생각했던 그림대로 착착 맞아 들어가기 시작했다. 지퍼처럼 초반 몇 개의 톱니가 맞으니 평온하게 잠들면 앞으로도 쫙 잘될 거라고 스스로를 다독였다. 딸은 원래 이륙하는 굉음을 들을 때 잠이 잘 든다. 뭔가 얼굴 눌리는 느낌을 느끼면서, 피곤할 땐 더더욱. 이번에도 이륙 직전에 눈을 감고 얼른 자야지 싶어 자세를 잡으려는데, 엄마가 뒤에서 톡톡, 딸을 부른다.

"귤 주까?"

귤?

귤???
갑자기? 귤이 갑자기 어디서 난 건데?!
이륙도 안 했는데 귤을!

엄마 핸드백 바닥에서는 귤이 자라는 것 같다. 어떻게 저 작은 핸드백 속에는 항상 인원수 +2개 정도의 귤이 있는 거냐고. 귤이 보안검색을 무사통과한다는 것도 그때 처음 알았다. (그리고 놀라지 마시라. 스페인에서도 엄마의 가방에선 자꾸 귤이 나왔다. 스페인에 오니까 스페인 귤이 나오더라고.)

딸   아니. 안 먹어.

엄마   당신도 안 먹어요?

아빠   됐어. 기내식 맛있게 먹을겨.

엄마   후식으로 줄까?

딸   난 됐어.

엄마   당신은?

아빠   그려.

아빠는 마치 "하우 아 유" 하면 "아임 파인 땡큐 앤 유" 하듯이 타성에 젖어서 '그려' 하곤 눈을 감았다. 아빠는 정말 훈련이 잘돼 있구나. 뭐든 두 번 정도 권하면 '그려' 하고 받아든다. 엄마의 과일팔이는 막을 방법이 없지, 암.

이쯤에서 부모님과 외항사 비행기를 탄 가이드 자식들이 해야 할 일이 있다.

타자마자 앞에 놓인 리플릿에 있는 요리를 확인한다. 아니면 저멀리에서 승무원이 사람들에게 묻는 걸 쳐다보면서 "닭 요리, 소고기 요리에서 선택하는구나"를 파악한다. 빨리 엄마 아빠에게 어느 걸 원하는지 물어보고, 원하는 음료 주문도 내가 미리 받아둔다. 대신 주문해줄 게 아니라면 미리 알려준다. "이거랑 이거 두 종류가 있대. 그리고 음료는 이러이러한 것들이 있대. 이따가 오면 주문해" 하고. 특히 리플릿에 있는 주류 중에서 엄마 아빠가 있는 줄 몰랐을 법한 걸 알려드리면 좋아하신다. 작은 양주 미니어처들이 있는 경우가 많다. 외항사의 빅재미인 '이 항공사 탈 때 먹을 만한 음료' 같은 것도 추천해둔다. 이게 왜 알아두면 좋은 팁이냐? 어차피 다 너한테 물어보거든요.

"민지야, 뭐 시키면 좋을까?"

"민지야, 저거는 파는 거니 원래 주는 거니?"

지금 이 외항사 비행기를 너 역시 처음 탔다는 사실은 금방 까먹으실 것이다. 앞으로의 모든 여정이 그렇다. 원래 엄마는 리모컨 들고 본인 손으로 방금 TV를 켜놓고서도 '어머 민지야, 쟤 왜 우니?' 하는 분이니까……. 엄마 아빠는 니가 웬만한 건 다 알 거라고 생각하고, 너도 그 느낌이 싫지 않아서 오버해서 자꾸 대답해주고 할 거니까. 비행기라고 그 패턴이 바뀌지는 않을 것이다.

딸   엄마 아빠, 그래도 우리 건배는 하자.

엄마가 자꾸 귤을 꺼내는 사람이라면, 딸은 자꾸 건배를 하는 사람이다. 일단 건배를 하면 이 순간이 역사에 기록되고 마음에 새겨진다고 생각한다. 그런데 그 말을 듣는 엄마 아빠 얼굴이 확 핀다. '파티를 시작하지'처럼 들렸던 것 같다.

딸 자, 조용히 건배하자. 내가 찍을 거야. 아니 아빠, 잠깐, 지금 하면 안 돼, 기다려봐. 아니, 아니, 다시~ 아~ 아직 못 찍었어~

엄마 어휴 빨리해. 사람을 찍어야지 이런 걸 이렇게 오래…….

딸 아니 이걸 찍어야지. 가만 있어봐. 손목 조금 돌려봐 맥주 라벨 나오게.

귤만큼이나 인증샷이 중요한 30대의 딸. 아버지는 '뭐 이런 진정성 없는 건배가…….' 생각하면서도 묵묵히 잔을 들고 기다린다. '왜 또다시 해야 해?' 하다가도 찍힌 사진 보면 '한 번만 다시 찍어보자' 하는 우리의 어머니도.

기내식을 먹는 내내, 엄마는 대각선 앞자리에 앉은 아빠에게 말을 건다. 엄마 바로 앞에 앉은 딸은 고개를 홱 돌려 물어본다. 절대로 시끄럽고 짜증나서 그런 건 아닌데, 어금니를 꽉 깨물긴 했다.

딸 엄마, 그럴 거면 뭐하러 자리 바꿔서 내 뒤로 왔어? 아빠 옆자리에 그냥 있지.

엄마 아이 왜~

딸 아빠한테 왜 자꾸 말 걸어. (=왜 이렇게 떠들어, 뒤통수 시끄럽게.)

엄마 패키지여행 비행기 타면 같이 앉아서 그런가. 엄마는 아빠 옆이 제일 마음이 편해.

어머나?

  엄마의 의도치 않은 로맨틱한 멘트에 괜히 심쿵. 마음이 훈훈해져서
는 "아이 참~ 그럼 옆으로 다시 가시든가요. 시끄러워 못살겠네" 하고
다시 기내식을 먹었다.

  '누구 옆이 편하다'는 게 어떤 느낌인지 솔직히 아직 잘 모른다. 누
구 옆이 설레고 좋은 건 알았어도. 엄마의 대각선 앞에 앉은 아빠, 지
금 생각하면 엄마는 그 구도의 아빠를 본 적이 별로 없었는지도 모르
겠다. 마주앉거나, 저멀리서 뭘 하는지 쳐다보거나, 나란히 앉아 비행
기를 타고 가거나. 가까이 있는데도 앞만 보고 있는 아빠의 비스듬한
뒷모습이 어색해서, 그래서 괜히 자꾸 돌아보게 하고 싶었던 걸까. 엄
마는 몇 번이고 아빠에게 말을 걸었고 아빠는 그때마다 뭐든 적절하
게 대답을 해줬다. 내 엄마 아빠 아니고, 그냥 부부로서의 엄마 아빠
를 보는 건 언제든지 신기하다.

  그런 생각을 하면서 뿌듯한 마음으로 기내식을 꼭꼭 씹어 먹고 있으
면 알람이라도 맞춘 듯 어김없이 엄마는 내 어깨를 톡톡 두드리며 한
번씩 재도전을 한다.

  "귤 줄까."

딸   ······엄마. 안 먹어.

엄마　왜 안 먹어?

딸　아까 안 먹는다고 했으니까. 왜 자꾸 먹으라고 그래.

엄마　왜냐면 이 귤을 빨리 팔아야 돼. 너무 많아.

딸　아니 그 작은 가방에 무슨 수로…… 애초에 왜 귤을 굳이…….

삼십몇 년 내공의 단단한 연애를 훈훈하게 바라본 지 1초 만에, '귤 줄까' 한마디로 우릴 경기도에 있는 집 거실에 데려다놓는 엄마는 위대한 사람이다. 누가 그랬더라, 세 명 이상이 함께 있으면 사회가 된다고. 나는 이번 여행을 통해서 깨달았다. 어떤 공간에 함께 지내는 세 명의 사람이 다른 공간에 왔을 때 그들 중 하나가 평소 셋이 있는 공간에서와 같은 행동을 하면, 다른 사람들도 거실에서 하던 소리로 받아치게 된다는 걸. 외항사 비행기가 거대한 거실처럼 느껴져서 재미있었다. 그래도 귤은 생각이 없어서 사양했다. 어찌어찌 엄마는 귤을 다 팔고, 5분 만에 딥슬립에 빠져들었다.

이후 1시간 20분의 짧은 환승을 성공하고, 드디어 마드리드에 도착했다.

마드리드,
우리의 첫 집

"짜잔~ 태양의 나라 스페인에 도착하셨습니다~!"

하고 말했지만 자정이 다 된 스페인은 암흑의 나라였다. 여기가 인천공항인지 마드리드 바라하스공항인지도 알 길이 없었다. 리액션할 풍경이 없어 두리번거리는 엄마 아빠와 함께 택시 승강장으로 가서, 공항만큼 어두컴컴한 택시에 올랐다. 시작부터 어두운 게 못내 불안해, 나는 자꾸 쓸데없이 뒷좌석으로 고개를 돌려 말을 꺼낸다.

딸 엄마, 내가 말해준 거 기억나?

엄마 뭐?

딸 스페인식 인사법. 볼 대고 이렇게 이렇게 인사하는 거.

엄마 그게 왜?

딸 그거 좀 있다가 집주인이랑 할 수도 있어. 집주인이랑 인사해야 돼. 호텔처럼 그런 게 아니고 이거 운영하는 집주인이랑 만나서 문 따야 되거든.

엄마   아이~ 엄마는 못하는데.

딸   그리고 '안녕하세요'는 '올라'야. 아빠도. 알았지? '올라.'

기사 아저씨는 우릴 보면서 자꾸 웃는다.

너무 늦은 시간에 마드리드에 떨어진 게 싫었다. 스페인은 쨍해야 멋진데, 하필 모든 게 다 잠든 모습이 첫인상이 되다니. 밝고 친절한 숙소 호스트가 나오고 그 호스트가 소개하는 집도 예뻐서 엄마 아빠 마음을 어느 정도 밝혀줄 수 있기를 바라며 택시에서 내려 괜히 이 말 저 말을 했다. 숙소, 좋아라. 제발 좋아라! 주인, 착해라. 제발 착해라!

딸   이 앞으로 곧 나올 거야. 주인은 5층에 산대. 우리가 묵을 곳은 3층이고.

엄마   ……도로인데 바닥이 다 돌로 되어 있네. 신기하네.

나중에 들은 이야기지만 엄마는 이 낯선 동네에 숙소같이 생긴 건 아무것도 안 보이는데, 과연 우리가 잘 곳이 있는 게 맞는지 걱정됐다고 한다. 하지만 그런 걱정을 입 밖에 내는 대신 두번째로 인상적이었던 걸 말하기로 했던 것이다. '바닥이 다 돌로 되어 있네. 신기하구나.' 다행히 엄마가 더 초조해져서 첫번째 생각을 꺼내기 전에, 문이 열리고 호스트 루벤이 나왔다.

루벤   Hey! 들어와~

내 집처럼 누워봐~
엄마~

42

덩치 큰 외국인의 등장.

루벤   비행은 어땠어?

딸   피곤했지만 괜찮아. 이쪽은 내가 메시지로 말했던 우리 엄마, 아빠야.

루벤   Hi, how are you?

루벤이 자연스럽게 아빠에게 악수를 청했다. 외국인 만날 일이 별로 없었기 때문에 아빠가 수줍어하실 줄 알았는데 여유 있게 눈을 마주치면서 무게감 있는 악수를 했다. 껄껄껄. 와, 되게 여유로워 보여. 아빠보다 훨씬 덩치 크고 키 큰 외국인 앞에서도 긴 비행의 피곤한 기색 없이 멋지게 손아귀를 쥐는 아빠에게서 오랜 사회생활 짬이 느껴져서 멋있었다. 악수로 악명 높은 트럼프에게 하나도 안 밀리고 악수하던 우리나라 대통령을 보던 마음처럼 광대가 올라갔다. 방금까지 피곤해 보였던 엄마도 활짝 웃으면서 인사를 받았다.

광장에 위치한 오래된 건물이지만 나름 엘리베이터가 있었다. 겨우 사람 서너 명이 탈 만한 큰 엘리베이터. 루벤은 우리를 엘리베이터에 태우고 엘리베이터가 꽉 차도록 짐 몇 개를 넣은 뒤, 나머지 짐들은 직접 계단으로 운반해줬다.

루벤   먼저 환영의 의미로 와인을 준비했어!

      아버지 은퇴 기념 여행이라고 했었지? 축하해요!

딸   우와! 엄마, 이 와인. 은퇴여행 선물이래.

엄마 (잇몸 만개) 어머나~ 땡큐~

첫 호스트로 루벤을 만난 건 행운이었다. 루벤은 엄마 아빠가 어떻게 반응하는지 세심하게 보면서 "왜? 뭘 궁금해하시니?" 하고 묻기도 하고, 와인을 주면서 축하한다는 인사도 잊지 않았다. 숙소를 예약할 때부터 여행의 목적과 여행 가는 구성원에 대한 소개를 해두면, 예약을 가려 받는 호스트라도 좋은 피드백을 줄 때가 많다. 루벤은 여러 개의 숙소를 에어비앤비로 운영하는 호스트였기 때문에, 어색함 없이 능숙하고 유쾌하게 방을 안내해줬다.

루벤 여기가 거실이야. 창밖으로 나가서 오른쪽을 한번 볼래? 어둡지만 저 게이트가 마요르 광장이거든.
딸 엄마! 아빠! 이리 와봐! 여기가 마요르 광장이래!
엄마 (달려와서 오른쪽을 보고) 어머나~ 정말이네. 마요르 광장이네~
루벤 좋아하셔서 다행이야!

······엄마 마요르 광장 아직 본 적도 없잖아.

뭔가를 선사하면 언제나 "어머나~"를 한 다음에 뭔지를 물어보는 엄마. "차 좀 드세요." "어머나~" "이건 녹차인데," "어머나~" "보성에서······" "어머나~" 이런 식.
리액션은 경기도 1등. 5분 전까지 걱정했던 엄마의 마음은 이미 녹을 대로 녹았다. 마요르 광장이 뭔들, 처음 와보는 외국 집에 외국인

이 막 이리저리 설명하고 그러니까 모델하우스 온 것도 같고 재밌다, 이거예요.

루벤 이쪽은 주방이에요.

엄마 어머나~ (이후 수납장 열 때마다 후속 '어머나')

루벤 설명은 이 정도면 된 것 같아. 혹시 궁금한 거 있니?

딸 있어! 우리 너무 배고픈데, 지금 뭐 먹으러 갈 곳 있을까?

루벤 있지. 집 나가서 큰길에서 오른쪽으로 가면 시끌시끌한 골목이 나올 거야. 거기가 '카바 바하'라는 이름의 길인데, 거기에 타파스 바가 많이 있어. 지나가다가 어디든 들러서 가봐.

딸 응. 고마워!

루벤이 나갔다. 문을 닫고 돌아서면서, 조심스럽게 엄마 아빠에게 물었다.

딸 어때? 숙소 괜찮아? 호텔이랑은 또 달라서 마음에 들지 어떨지…….

엄마 웬일이니 민지야. 진짜 너무 괜찮다. 웬일이니, 웬일이니. 호텔보다 훨씬 집 같고 너무 좋다.

딸 진짜? 진짜야?!

엄마 응. 엄마 여기 벽난로 앞에서 사진 좀 찍어줘.

엄마는 벽난로 있는 가정집에 처음 와보는 것이다.

엄마　응. 잘 도착했다고 언니랑 니 형부한테도 보내주게. 당신도 찍을래요?

아빠　됐어~

이미 아빠는 본능적으로 리모컨을 찾아 손에 쥐고 소파에 앉았다.

딸　자. 찍는다.

딸　……엄마.

엄마　응? 왜. 어두워?

딸　아니 그건 아닌데, 다리를 왜 그렇게 새우튀김처럼 해?

리모컨 들고 있던 아빠가 빵 터졌다. 벽난로 앞 새우튀김님도 터졌다.

엄마　얘는! 새우튀김이 뭐야!

딸　……아니 신기해서.

엄마　이렇게 해야 다리가 길어 보여. 아줌마들은 그런 거 중요하게 생각해.

셀카만 찍는 딸은 그런 거 모른다. 전신사진이 생소하신 분.
인증샷 타임을 끝내고, 늦었지만 요기를 하러 외출을 준비했다.

엄마　어딘지 니가 찾아갈 수 있어?

딸　있지 그럼. 엄마 딸이 (구글맵이) 모르는 게 어딨어.

아빠　그래. 우리 민지 생일파티 해야지. 가자!

출국 전날은 내 생일이었다. 전날 친구들과 파티한 뒤 숙취를 부여 잡고 열심히 짐을 쌌다. 남은 숙취는 짐싸기를 위해 눌러버리고, 가족 끼리 하는 생일파티는 잠시 멈춰둔 채 스페인에 와 있었다. 내가 태어 난 날짜로부터 이틀 된 그날, 엄마 아빠는 거의 하루를 비행으로 보내 고 스페인에서의 첫 아침을 기다리는 중이었다. 그런 날이니 집에서 보내지 말자고, 우리 모두 조금은 피곤한 컨디션에 무리해서 거리로 나섰다.

카바 바하 거리는 듣던 대로 바가 많았다. 그렇다고 나이트클럽 같 은 게 있는 동네는 또 아니어서, 이야기하면서 술 마시는 나이 지긋한 어른들이 조금 더 많아 보였다. 하필 한 번도 안 와본 동네라, 입간판 에 내가 아는 메뉴들이 있는지, 그리고 적당히 사람은 북적이는지, 우 리 셋이 앉고 싶은 위치의 테이블이 있는지 정도를 눈으로 스캔하다 가 한 곳을 찾아서 들어갔다.

딸　아빠 뭐 먹고 싶어?

아빠　아빠는 당연히 오리지널 하몬 먹고 싶지.

딸　역사적인 순간이구먼, 엄마는?

엄마　엄마는 술은 한 잔 다 못 먹을 것 같은데. 민지 마시고 싶은 거 시켜.

딸　먹을 건? 저거 어때? 저 실 같은 생선. 올리브오일에다가 익혀서 나오는 데…… 저 아줌마 먹는 거.

엄마　좋아. 뭐든 시켜봐.

심호흡.

맨날 외국 가서 어떻게 먹고 싸다니냐던 엄마 아빠 앞에서 주문을 하는 순간이다. 점원이 다가왔다.

딸   Hola.

점원   Hello!

나이스. 이 언니 영어 한다.

딸   하몬과 감자 요거 하나랑, 조그만 생선 요리랑 레드와인 한 잔, 맥주 한 잔이
     랑…… 상그리아 있어요?

점원   있죠.

딸   상그리아 한 잔 주세요. 하몬과 감자, 생선 요리, 레드와인 한 잔, 맥주 한 잔,
     상그리아 한 잔.

점원   알겠어요.

이걸 한글로 적어놔서 그렇지, 영어랑 스페인어를 섞어서, "하몬과 감자. 하나…… (갑자기 영어로) 저 작은 생선 뭐죠? 하나. (다시 스페인어) 와인 하나, 맥주 하나, 상그리아 하나, 주세요. 감사합니다." 이런 식이었다. 하지만 시켰으면 됐지 뭘.

아빠   든든하구만.

엄마   스페인어도 할 줄 알아?

딸　　술 주문은 할 줄 알아.

아빠　카~

　한국이었다면 똑같이 스페인어를 썼더라도 '하다하다 술 주문은 스페인어로도 하냐. 잘하는 짓이다. 남들 돈 모을 때 외국 가서 뭐하나 했더니 술 사 먹는 데에 다 썼겠구먼' 했을 일이다. 그러나 마드리드에 오니 달랐다. 그 당시 아빠의 얼굴에는 우리 딸 쩌네, 우리 딸 멋있다, 내가 같이 술 가르치며 지낸 밤들이 헛되지 않았구먼. 어디 가서도 술 못 얻어먹고 살진 않겠어 같은 벅찬 감동이 엿보였다. 흡사 장원급제한 딸을 바라보는 표정.

딸　　엄마, 이게 상그리아야.

엄마　그게 뭔데?

딸　　왜 있잖아, 스페인 와인에 과일 넣고 막…… 상그리아. 우리가 생일날 스페인 한 상 차렸을 때 줬잖아.

엄마　아, 샹그릴라~

딸　　상그리아야, 상그리아. 샹그릴라가 아니고.

엄마　샹그리아~

딸　　상그리아.

엄마　그래 샹그리아.

딸　　아니 상그…… 그래. 그 샹그리아.

　십수 년 정정해도 GS25 간판을 가리키며 "엘지이십오시 있네" 하시

는 분들 아니겠어요. 중요한 문제가 아니라면 굳이 바꾸려 들지 말기
로 해요.

아빠   당신도 하몬 좀 먹어봐.

엄마   에이, 난 싫어.

아빠   스페인에 왔는데 하몬을 먹어봐야지.

엄마   난 그거 비려서 이상해.

딸   아빠, 아빠 다 먹어. 고맙지 뭘.

아빠   아이고 감사합니다～

이때까지는 아직 실감이 안 났었다. 엄마가 이 스페인 바 풍경에 있
는 것도 이상하고, 내가 가족과 함께 여행지에 와서 조용히 저녁을 지
내는 중인 것도 이상하고. 여행은 많이 했었지만 항상 혼자 했기 때문
에, 3인 테이블이 차도록 둘러앉아서 건배하는 느낌이 두고두고 참
얼떨떨했다.

엄마   민지야, 너무 좋다.

딸   그래?

엄마   외국 같아.

딸   외국 맞잖아～

엄마   너 어쩜 그렇게 스페인어도 잘하니.

딸   환타 콜라 사이다 그런 거야. 그냥 이름만 알아서 그래.

엄마   엄만 모르니까 엄마 눈에는 멋져.

52

딸	아빠, 하몬 맛있어? 레드와인 맛있어?
아빠	아, 기가 막히네. 아빠가 딱 생각했던 그런 저녁이야.
딸	나중에는 타파스 투어 하러 가자.
	여기저기 전전하면서 와인 한 잔씩 먹는 거야.
아빠	좋지.

첫날밤이니까 셀카를 찍으려고 마음먹었는데, 셀카를 세 명이서 찍을 일이 별로 없었던 내가 요리조리 고생을 하자 아까 그 점원이 다시 다가왔다.

점원	혹시 사진……
딸	아, 부탁해도 돼요?
점원	그럼요. 찍어줄게요!
딸	얘가 사진 찍어준대!

그러고 보니 셋이서 포즈 잡고 찍은 사진도 별로 없구나. 어릴 때 함께 여행을 다닐 때는 언제나 아빠가 사진을 찍었고, 그후에는 함께 어딘가 다닐 기회가 없었다. 조카가 태어나고 난 다음부터는 조카가 가족의 중심이 되었기 때문에 아빠는 그 커다란 카메라의 대부분을 귀요미 손자 성장 기록에 썼다. 엄마와 아빠가 함께 패키지여행을 가면 아빠는 사진작가처럼 엄마를 찍어줬고, 엄마는 열심히 포즈를 취해주며 추억을 남기고 다녔다(그 포즈의 대부분은 새우튀김이었다). 나는 혼자 여행을 하니 내 사진이 없다.

문득, 이렇게 세 사람이 한 프레임 안에 들어 있는 사진을 앞으로 몇 개나 더 가질 수 있을까 싶은 생각이 들었다. 나는 "나는 사진 찍히는 거 싫어해" 하고 외면할 테고, 아빠는 "아빠 됐어. 아빠가 찍어줄게. 카메라 이리 줘" 할 테고, 엄마는 휴대폰으로 손자 찍기에 바쁠 테고. 이 작은 프레임에서나마 내 주변을 둘러싸는 것들과 그 안에 있는 날 자랑하고, 이 순간을 기억하고 싶어서 어색함을 이겨냈으며, 렌즈 앞의 내가 주인공이어도 사양하지 않아도 되었다. 여행사진이 기록하는 건 그런 순간들이 아닐까. 최고로 예쁘게 나온 사진은 아니지만 나는 그래서 이 사진을 좋아한다. 어딘가 들뜨고, 어색하고, 피곤하지만 그래도 사진을 찍혀서 즐거운 게 눈에 보이는, 아마도 그해 처음으로 셋이 찍은 12월의 기록.

내 생일파티였든 이번 여행의 전야제였든 스페인 입성 환영파티였든, 그때의 적당한 어색함이 좋았다. 어떤 이름을 붙이든, 돌이켜봐도 그 순간 그 밤에 적당한 기분이었다.

우리가,
엄마랑 아빠랑 내가
진짜 스페인에 왔다.

우리의
첫 단체사진

딸은
마요르 광장에서
밑장을 뺀다

드디어 마드리드 둘째 날. 밝은 스페인을 보는 첫날. 숙소에서 이어져 있는 마요르 광장부터 갔다. 12월이라, 크리스마스 마켓이 섰는데 밤에는 예쁘지만 낮에는 공사판 같아서 아쉬웠다. 그래도 처음 온 엄마 아빠는 그다지 신경쓰지 않는 듯해서 다행이었다.

엄마　어머나~ 여기는 뭐하던 데야?

뭐하던 데냐고?!
뭐하는 데냐니 그게 무슨 말이야. 마요르 광장이 그냥 관광지지. 구석에 오징어샌드위치 맛집 모여 있고…… 홍대가 홍대고 이태원이 이태원이지.

먹으러만 다니던 딸은 이렇게나 멍청하다. 만약 내 기준대로 "마요르 광장은 오징어샌드위치 생각날 때 오던 덴데" 같은 소리를 했다가는 자식 교육에 바친 세월을 생각하며 엄마가 광장 바닥에 주저앉을 것 같았다. 그도 그럴 것이 지금껏 엄마가 했던 패키지여행에서는 단 한순간도 오디오 비는 일 없이 항상 도착지에 대한 설명이 있었기 때문이다. "자 여러분, 도착했습니다. 지금 여러분이 선 좌측에 보이는 이 문은 왕이 왕비를 사랑하는 마음으로 어쩌고저쩌고했던 의미를 담고 있고요, 들어가서 천장을 주목하시면 당대 최고의 화가 아무개의 작품이⋯⋯"

도착 – 스토리텔링 – (스토리텔링으로 알게 된 내용을 토대로 한) 관광 – 버스 탑승

이것이 엄마 아빠가 익숙할 여행인데, 나는 데려다만 놓으면 내 할 일을 했다고 생각했던 것이다. 왜냐면 나는 그렇게 봐도 나름의 감동이 있었거든. 창틀이 예쁘구나, 규모가 크네, 와 저 테라스에 맥주 먹는 사람들 봐, 참 로맨틱하다 같은. 배경지식 따위 몰라도, KTX 타고 스쳐지나가면서도 얻을 수 있는 일차적인 감동. 물론 나는 나의 그런 여행에 지금도 아쉬움이 없지만, 문제는 그간 엄마 아빠의 여행은 설명킹 가이드님들과 함께했다는 데에 있다.

목을 거북이처럼 쭉 빼고, 급한 마음에 검색을 시작했다.

딸   여기가 뭐하던 데냐면.

56

네이버님, 도와줘요~

어머나~
너무 이쁘다~

당황하지 마라. 손은 눈보다 빠르니까.
밑장 빼는 손놀림으로 네이버에 검색.
"마드리드 마요르 광장"

딸 이게 그거야. 그거. 뭐냐. 그 있잖아. (검색결과 뜸.) 예전에 투우도 하고 종교
재판도 하고 행사도 하던 곳이래. 가운데 있는 동상이 펠리페3세인데 저 아저
씨가 완성한 광장이래. 마요르가 영어로 치면 메이저 같은 거야. 메이저리그
가 메인이잖아. 대충 그런 느낌인 거 같아. 메인 광장~ 제일 유명한 광장~
시청광장! 광화문! 막 이런 데 있잖아.

엄마 오~ 아이고 우리 딸 똑순이여.

스테이지1 클리어.

아빠가 동상 사진을 찍는다. 엄마는 셀카를 찍는다. 좋아, 자연스러
웠어. 딸은 머릿속에서 다음에 가기로 했던 곳들을 떠올린다. 마요
르 광장 다음에 가려고 했던 곳이, 산미겔 시장. 그건 또 언제 생겼더
라……. 떠올려서 어따 써. 스페인 사람도 아니고, 내가 그걸 어떻게
알아? 시장에 역사랄 게 있나?! 아 근데 이름이 너무 유서 깊어 보이
는데. 일단 찾고…… 그다음에 가기로 한 데가…….

그때부터였나봐요, 스페인 풍경보다 스마트폰을 더 보기 시작한 게.

엄마   민지도 같이 사진 좀 찍어. 예쁘다 광장.

딸   촌스럽게. 난 됐어.

촌스럽기도 촌스럽거니와, 아는 게 없어서 바빠졌어요 어머니.

딸   우리 뭐 좀 먹을까? 엄마 아빠 배고프지 않아?

갑자기 머리 써서 내가 배고파.

아빠   좋지. 근데 스페인은 아침에 아무데도 안 연다고 하지 않았어?

딸   여는 집 있어. 추로스집은 아침에도 열어. 스페인 애들이 거기서 해장해.

아빠   아침에 연다고?

딸   열어. 나도 예전에 마드리드 있을 때 아침까지 술 먹다가 거기서 해장해
        봤…… 아, 아니 그게 아니고 아침에 열어. 내가 가봤어, 아침에. 여튼 열어.

엄마   거기는 뭐 팔아?

딸   초콜릿에 빵 같은 거 찍어 먹는 건데 맛있어.

엄마   단 거는 별론데.

딸   안 단데 맛있어. 백 년 넘었어. 가야 돼. 제일 유명해.

엄마   (못마땅) 다른 거는 뭐 팔아?

딸   음…… 〈꽃보다 할배〉 나왔을걸.

엄마   그래? 가보자.

할배 여러분 감사합니다. 설득이 매우 쉽습니다.

마드리드 왕궁이
우리를 속일지라도

2007년 처음 스페인에 왔을 때, 마드리드 왕궁도 왔었다. 당시 나와 친구들은 집에서 멍때리고 있다가 술 마시러 가고, 멍때리고 있다가 뭐 먹는 게 여행의 전부였는데, 그때 왔던 몇 안 되는 관광지 중 하나가 마드리드 왕궁레알 궁전이었다.

왕궁 내부가 너무 동화 같고 예뻐서 엄마 생각이 났다. 그래서 쪼들리는 여행경비를 쪼개서 소파 미니어처 장식품을 샀다. '관광지 1층 기념품숍 + 깨지는 소재 + 장식품'이라니 호구나 하는 짓 3종 세트 같은 것이라고 그때도 생각했지만 엄마에게 마드리드 왕궁의 일부를 보여주고 싶은 마음이 컸다. 이번에도 엄마에게 "우리집 거실장에 있는 그 귀요미 소파들을 근 10년 만에 직접 볼 수 있다!"고 하면서 왕궁을 데려왔다.

엄마 민지야, 여기서 엄마 아빠 좀 찍어줘.

딸　어휴 귀찮아라. 기념사진 왜 이렇게 좋아해?

엄마　민지랑 나도 찍어줘.

딸　사진 찍는 거 너무 어색해서 싫은데.

아빠　민지야. 니 뒤에 테이프…… 사람 못 들어가게 막아놓은 거 아니야?

그러고 보니 아무도 안 들어간다.
관광객 몇 명이 입구로 갔다가 누군가에게 설명 듣고 나오길 반복.
안 돼, 이럴 리가 없는데?

딸　아니야, 오늘 여는 날 맞는데! 내가 요일 확인했는데?

엄마　아무도 안 들어가는 것 같은데……

딸　잠깐만. (직원에게) 저기, 오늘 혹시 왕궁 안 여나요?

직원　아, 오늘은 열지 않아요. 내부 수리를 하고 있어서.

딸　진짜요?! 언제까지 안 열어요? 저희 이틀 뒤에 마드리드 뜨는데요!

직원　이번주 내내 안 열어요.

고개를 곧바로 안 돌렸다. 아마 눈치 빠른 엄마는 돌아선 나를 보자
마자 이게 어떤 상황인지 캐치할 거야.

딸　아…….

직원　어디서 왔어요?

딸　한국에서요.

직원　……안 됐네요.

딸   엄마 아빠 모시고요.

직원   안 됐네요, 정말.

딸   그러게 말이에요.

정신 차리자. 이 다음으로 예약한 식당은 3시 반, 지금은 12시.

3시간 반 동안 우리 두 고객님을 어떻게든 놀릴 방법을 찾아야 돼. 가만 있어봐, 여기가 왕궁이지. 스페인 광장에서 '꽃할배' 신구아저씨 돈키호테 썰을 푼 다음에 그란 비아로 내려가서, 살살 걷는다고 치면…… 아빠가 모닝커피를 마셨던가? 마셨지. 근데 그거는 카푸치노고 아직 카페콘레체는 안 먹었잖아. 아빠는 원래 에스프레소 좋아하니까 카푸치노는 커피로 안 칠지도 몰라. 엄마 다리 아플 때 되지 않았나?

다 아니야. 망했어.

엄마는 쌩쌩하고, 아빠가 커피 마신 지 얼마 지나지도 않았으며, 모닝추로스에 모닝커피 모닝맥주까지 다 했으니 두 사람은 배도 안 고파. 무엇보다 왕궁을 볼 수 없다. 이번 여행에서 엄마가 많이 기대했던 우리집 거실장 소파 실물을 보여줄 수가 없다고.

이렇다 할 결론을 못 내고 돌아섰다. 걱정스러운 엄마 아빠 표정을 보자마자 멋쩍어서 웃음이 났다. 아마 엄마 아빠는 그때 눈치챘겠지.

저 웃음 없는 작은딸이 왜 웃어. 뭐가 잘못됐구먼. 저놈 사고 쳤구먼.

딸　왕궁 안 연대.

엄마 아빠가 묻기 전에 내가 먼저 매 맞아야지.

딸　내일도 안 열고 모레도 안 연대. 우리 일정 내내 왕궁 못 볼 것 같아. 내가 오
　　픈시간만 체크하고 최근 공지사항은 안 읽어봐가지고 캐치를 못 했어.
엄마　어머, 그럼 어떡하면 좋아.
딸　식당 예약은 3시 반이니까 그사이에 할 일이⋯⋯
엄마　어디든 돌아다니면 되지 않겠어? 살살 걸어다니자.
아빠　왕궁 뭐 있겠어. 거리 걸어다니는 게 더 재미있어.

우리 엄마 아빠 만수무강 무병장수하세요⋯⋯.

엄마　여기 경치도 예쁘고 좋은데 뭘. 민지야 사진 찍을까?
딸　사진? 나 사진은 어색해⋯⋯.

아니지. 니가 벌인 일 모르냐, 입 다물어야죠?
사진 찍는 게 세상에서 제일 싫다고, 포즈 잡는 거 진짜 어색하니까
알아서들 찍으시든지 하라고 1시간 전에 입 털었던 딸은 왕국 불발사
건 이후⋯⋯

딸　엄마 아빠 거기 서봐. ^_^ 내가 찍어줄게 너무 예쁘다. ^_^
엄마　웬일이래~

딸　아, 너무 예쁘고 잘생겼어. ^_^

엄마　고마워~

좋아, 자연스러웠어.

이렇게 백스텝으로 스무스하게 왕궁을 떠나보자 하던 차에, 이분이 등장했다. 왕궁 죽돌이 아티스트, 얼굴 없는 경비병. 다짜고짜 엄마에게 모자를 씌운다. 레이더에 들어온 누가 봐도 관광객(=끝없이 사진 찍는 동양인 3인방), 그리고 그 틈을 놓치지 않은 아저씨의 기습공격.

혼자 여행하다보니 이런 것에 표적도 자주 되고, 일단 누군가 무례하게 뭘 씌우거나 건드리거나 하는 것도 싫어하는 나는 미간에 힘이 잔뜩 들어갔다.

딸　엄마~ 가자.

그랬더니 아저씨는 엄마에게 돈을 요구한다.

딸　그거 안 줘도 돼. 우리가 가서 구경한 것도 아니고 와서 다짜고짜 모자 씌운 건데.

기분좋아 보이는 엄마, 자꾸 돈돈 요구하는 아저씨. 마냥 해맑아 보이는 엄마 기분을 상하게 하고 싶지 않았다. 어금니 더 꽉 깨물고 2유로를 드렸다. 그러고는 돌아서는데, 이 아저씨가 따라와서 엄마 어깨를 툭툭 쳐서 세운다. 놀란 엄마가 돌아본다. 이 아저씨가, 지금 감히 누구 몸에 손을 대?

엄마 민지야. 이 사람 왜 그래? 돈 더 줘야 해?

딸 2유로면 우리나라 돈으로 3천 원이야, 엄마. 공연도 안 하고 모자 하나 떨렁 씌운 아저씨한테 그만하면 됐어. 갑자기 모자 씌운 것도 무례하다면 무례한 일이야.

난 그것도 엄마 기분 안 상하게 넘기려고 그런 건데. 엄마 손을 이끌어 가던 길을 가려고 하자 이번에는 내 어깨를 잡아 세우는 아저씨.

아저씨 노! 노!

딸 (나야말로) 노. (영어) 충분히 줬다고 생각해요.

엄마 왜 그래 민지야?

딸 아니야. 가자 엄마. 가자.

나는 관광객 희롱시리즈(?) 같은 구경거리는 별로 안 좋아한다. 예를 들면 (도를 넘는 수준으로 오래 갖고 노는) 터키 아이스크림, 갑자기 비둘기 밥 주게 해놓고 돈 뜯는 파리 아저씨, 그리고 이렇게 느닷없이 모자 씌워놓고 일행 카메라 콕콕 집으면서 사진 포즈 강요하고 돈 받아가는 아저씨. 2유로가 누구 집 애 이름이냐고. 카페콘레체 두 잔 나와요. 스페인 동네 슈퍼에서는 와인 한 병도 살 수 있는 가격이라고. 나 혼자 여행했으면 1센트도 안 줬을 거란 말이에요. 근데 돈 더 받겠

이 공원은
신기한 사람들
천국이야~

다고 엄마 어깨를 툭툭 치다니, 이 아저씨가 진짜. 저 아줌마가 누구 엄만 줄 알고 말이야.

엄마   뭐라고 하는 거야?
딸   무시해~ 엄마 앞만 보고 가. 내가 알아서 잘 얘기했어. 가, 가.

위협적으로 다가왔던 장신의 아저씨 때문에 놀란 엄마의 어깨를 돌려 앞만 보고 가면서 랩하듯이 떠들었다.

딸   꼭 여행하다보면 저런 사람 있다니까. 카메라 든 관광객에 누가 봐도 외지인
       얼굴 하고 있으면 그렇게 시비를 걸어요. 스페인 사람들이었으면 돈 안 줬
       어. 그나마 엄마가 마음 약하니까, 내가 2유로 줬으면 아이고 감사합니다~
       10초 장난치고 땡 잡았네~ 하면 될 건데, 저렇게 쫓아오는 건 또 뭐야. 2유
       로 도로 달라고 하고 싶었다니까. 맡겨놨어? 누가 그 모자 쓰고 싶대? 웃겨
       진짜.
엄마   엄마 혼자 있었으면 돈 더 줬을 것 같아.
딸   그러니까. 저게 삥 뜯는 거지 뭐야. 떼돈 버시겠어. 아주. 아휴 열받아.
엄마   민지야, 우리 근데 어디 가?
딸   ……아니 너무 열받지 않아? 안 그래? 우리 맥주나 한잔할까? 아니 내가 너
       무 속이 타네?

아빠, 나 좀 도와줘.

아빠   좋지, 맥주.

딸   들어가, 들어가! 오른쪽 오른쪽 여기 여기! 와아～

그렇게 엄마 아빠를 산양 몰듯 왕궁 대신 바에 집어넣는 일에 성공했다. 아빠가 꿈꾸던 돼지 다리 풀 샷으로 주의를 분산시키고, 알고 들으면 형편없지만 엄마 귀에만 현란한 스페인어 주문으로 엄마의 주의도 분산시켜서 초리소, 치즈, 살치촌, 하몬 플래터 그리고 맥주와 셀카를 미끼로 가이드의 치명적 실수 얼렁뚱땅 넘어가기 성공.

주문한 음식을 기다리는 사이 뒤적뒤적, 가방 안에 있던 레스토랑 예약확인서를 뒤진다. 날짜, 시간을 다시 한번 눈알 굴리며 스캔. 이건 확실해. 내가 식당 주인한테도 따로 이메일 보내서 다시 한번 확인했어. 첫 공식일정은 망했지만 첫 예약식사는 절대로 망하지 않을 거라고. 이글거리는 눈으로 맥주를 꿀꺽꿀꺽 삼켰다.

아빠   민지야, 이게 더 좋다.

딸   뭐가?

아빠   그냥 이렇게 우리 셋이서 이렇게 하고 있는 게. 아빠는 이런 거를 하고 싶었어. 돼지 다리 달린 곳에서 우리 딸하고 엄마하고 이렇게 맥주 먹고.

그러고 보니 그란 비아까지 걸어서 들어온 이곳 창가 자리에 앉아서 아빠 이야기를 듣다가, 카메라를 메고 스쳐지나가는 한국인 관광객과 눈이 마주쳤다.

이 바가 위치한 그란 비아는 스페인에 처음 와서 몇 번이고 오갔던, 나에게는 처음 걸어본 유럽의 거리였다. 사실 그때는 돈을 아끼고 아껴서 왔던 여행이라, 친구들과 함께 빌린 아파트에서 거의 음식을 만들어 먹고 외식은 잘 하지 않았다. 그란 비아 거리 한복판 바에서 사먹는 건 동네 술집보다 비싸기도 했고, 하물며 우린 동네 술집에서 먹는 술값도 아끼려고 항상 슈퍼에서 왕창 사다 먹었으니까. 그러다 시내 구경을 나오면서 이런 통유리 바에서 와인잔같이 생긴 맥주잔을 두고 이야기하는 중년 커플들을 보고 엄마 아빠를 떠올렸다. 엄마 아빠도 여기 오면 좋아하겠다, 엄마 아빠랑 같이 걸으면 좋았겠다, 그런 생각을 했다.

그때는 스페인에 엄마 아빠랑 올 거라는 상상도 못했었다. 엄마 아빠와 함께 해외여행을 하는 상상 자체도 그렇고, 그게 자유여행인 건 더 그랬다. 그때 내가 막연히 상상하던 나도 지금과는 많이 달랐다. 평범하게 회사를 다니면서, 긴 여행은 못하겠지만 대신 안정된 삶을 엄마 아빠와 즐기고 있을 거라고 생각했다. '맨날 어딜 싸다니는 프리랜서(가 닉네임인 일용직) 작가'가 될 거라는 상상은 못했다. 그러다가 백수가 돼서 몇 주나 있을 요량으로 스페인에 엄마 아빠와 와서 낮맥이나 하고 있을 거란 상상은 더더욱 못했다. 내 인생이 내가 상상하던 모든 궤도를 벗어났는데도, 그 시절 내가 코트를 움켜쥐고 부러움에 찬 곁눈질을 하면서 상상했던 것만은 마법처럼 이루어진 이 순간.

나조차 못하던 상상을 곁에서 지켜본 엄마 아빠의 눈에, 창밖을 스처지나가는 그때의 나만한 소녀들은 어떤 느낌으로 새겨지고 있을까.
엄마는 "저기 민지 같은 애 지나간다. 너 대학교 때 저랬겠네, 그치?"
하고 올리브 하나를 집어먹었다. 아빠는 "쟤보다 더 덜렁대면서 걸었
겠지. 아까 걔는 제법 배낭여행 하는 폼이 나던데" 하고 맥주 한 모금
을 더 마셨다.

> 딸   나도 이게 더 좋아. 엄마 아빠랑 이러고 있는 거 좋아.

왕궁 못 간 거는 미안하지만, 진짜로 이게 더 좋아.
나한테는 꿈꾸던 작가가 된 일보다, 내가 번 돈으로 차를 산 일보다,
어쩌면 어설픈 복권 당첨보다 지금 이게 훨씬 더 꿈같은 일이거든.

속이 타서 벌컥벌컥 마셨더니 취한다.

어우
좋아.

10년 전,
그 사람과
재회했다

스페인의 12월 밤은 내내 크리스마스다. 골목을 돌 때마다 다른 모양의 일루미네이션으로 가득하다. 철근과 조명줄로 낮의 못생김을 감수해가며 밤을 피워내는 마드리드의 풍경.

일상적인 생활공간도 사진에 담고 싶어지는 설렘. 사는 사람들은 모르는 이방인만의 특권이다. 서울 한복판에서 일정에 쫓겨 회색 얼굴로 걸을 때, 그 길에서 몇 번이고 사진을 찍던 관광객들을 떠올린다. 서울 한복판, 그중에서도 관광객이 많이 오가는 동네에 사는 나는 문득 그런 게 부럽다는 생각을 하던 때가 있었다. 누군가에겐 꿈의 여행지이기도 한 이 커다란 도시에서, 나도 한 번씩 저런 설렘이 살아나면 얼마나 기쁠까. 저들에게는 앞만 보고 투박하게 걷는 나 역시 바쁘고 빠른 도시, 서울을 구성하는 훌륭한 소품이었겠지. 그런 날들이 떠올라서 덜 창피했다. 간판 앞에서도 찍고, 횡단보도 앞에서도 찍고.

쟤는 진짜 왜 저러는 거야. 사진마다.
딸 뭐 어때. 기억에 남고 좋잖아!

정신없이 낄낄대고 웃으며 걷던 와중에, 백화점 담벼락에서 걸음이 멈췄다.

딸 어…….
아빠 민지야 안 가?

2007년 처음으로 스페인에 놀러 와서 아파트 하나를 셰어해서 생활여행을 했던 나는, 친구들과 넷이서 이 길을 뻔질나게 걸었다. 그때 우리가 좋아했던 일 중 하나는 어둑어둑해질 때쯤 나오는 오케스트라 버스커를 보는 일이었다. 처음에는 너무 비현실적이라고 생각했다. 나이 지긋하신 아저씨들이 너무 본격적인 악기를 들고 거리에 나와서, 어느 음악당에서 들어도 전혀 어색하지 않을 연주를 사복 입고 하는 모습이. 홍대에서 기타 치는 젊은 사람들은 봤어도, 저런 연령의 멤버도, 악기 구성도 본 적이 없었는데 하필 장소가 문 닫은 백화점 담벼락인 게 꿈처럼 느껴졌다. "우와 저 아저씨, 저 할아버지 봐" 했던 처음, "우와 또 나와 있어. 맨날 나오나" 하던 두번째, "오늘도 나왔겠지? 있다 있다!" 했던 세번째 이상의 순간들 중 한 번도 빼놓지 않고 서서 멍하니 지켜봤다. 그 시절 우리는 넷 다 정신없고 산만하고 먹을 것과 노는 것에만 심취한 청춘들이었는데, 그 네 사람이 연주하는 엘 코르테 잉글레스 담벼락 앞에서만은 말없이 발길을 멈추고 집중할 줄 알

왔다.

한 달의 짧은 마드리드 생활여행이 끝나갈 때쯤, 우리는 넷이 협의하에 공금으로 엽서를 샀다. 넷이 머리를 맞대고 하고 싶은 이야기들을 정리했고, 스페인어를 잘하는 친구가 그 말을 한 줄 한 줄 스페인어로 옮겨 적었다.

'우리는 한국에서 온 대학생들이에요. 스페인에 처음 와서 마드리드에 한 달 동안 있었어요. 저희가 마드리드에 있는 동안 여러분이 연주하는 걸 매일매일 보러 왔던 순간들은 이 여행을 정말 특별하게 만들어줬어요. 매일 멋진 연주를 선사해줘서 고마워요. 내일이면 돌아가게 되는데, 정말로 감사했다는 인사를 전하고 싶었어요.'

떠나기 전 마지막으로 시내에 나간 날, 넷이서 다시 그 담벼락 버스커들 앞에 섰다. 엽서를 전달할 영광은 내가 얻어서, 엽서를 손에 꼭 쥐고 우리에게는 마지막이 될 연주를 감상했다. 연주가 끝나는 타이밍이 여러 번 있었고, 그 엽서를 악기 케이스에 전달하고 나면 미션은 성공인데, 노래 몇 개를 넘기도록 그 엽서는 내 손에 쥐어져 있었다. 그게 나에게는 꿈같았던 한 달을 끝내는 마지막 인사처럼 느껴졌기 때문에 선뜻 앞으로 나서질 못했다. 손 시린 와중에도 엽서가 구겨질까봐 끝만 집고 있었고, 반대편 손에는 2유로를 쥐고서 생각했다. 오른손 왼손 따로 주면 뭔가 어색하고 이상하겠지? 이 노래 끝나면 넣어야지 하고 동전을 엽서 쥔 손으로 어색하게 옮겼다. 그러고서도 노래 한 곡이 더 넘어갔다. 내가 여러 번 타이밍을 놓치는 동안 일행 중

누구도 재촉하지 않았다. 어느 순간, 더이상 지체하면 안 될 것 같아서 "지금 드릴게" 하고 속삭인 뒤 노래가 끝나길 기다려 악기 케이스에 동전과 엽서를 넣었다. 연주자 중 한 사람이 동전도 지폐도 아닌 넙적한 종이가 들어가는 걸 발견하고 날 쳐다봤다. 나는 입 모양으로 겨우 눈으로나 들릴 법하게 '그라시아스_{고마워요}' 하고 말했다. 할아버지는 왜 돈을 주면서 고맙다고 하는지 잘 이해하지 못하는 표정으로 일단 웃으며 화답해줬다.

"민지야, 안 가?" 했던 엄마 아빠는 내가 대답을 못하는 사이 자연스럽게 같이 서서 음악을 함께 들었다.

아빠   이 사람들 너무 잘하는데?

나는 엄마 아빠에게 10년 전 우리가 전했던 엽서 이야기를 했다.

딸   같은 백화점 담벼락에서, 나이 지긋한 소규모 오케스트라 아저씨들이 비슷한 음악을 연주할 확률이 얼마나 될까?

주머니를 뒤져서, 얼른 2유로 동전을 넣었다. 이번에 넣은 동전은 쪼들리던 대학생 시절처럼 큰 용기를 필요로 하진 않았다. 동전을 넣을 때 연주자 중 한 명과 눈이 마주치자 묘한 기분이 들었다. 이번엔 내가 아닌 연주자가 입 모양으로 '그라시아스'라고 말했다. 10년 전이라 그 눈빛이 기억나지 않아서 같은 것인지는 알 수 없었다.

자~ 찍습니다~

남의 동네 영화관 앞에서도 이어지는 사진 찍기.

여러 가지 심증만 가득할 뿐 확실히 그 사람들일 거란 물증은 찾지 못했지만, 한 가지는 확실했다. 도착한 밤을 제외하면 오늘이 스페인 여행 1일차. 그때는 그 동전을 넣는 일이 마지막 인사였지만, 오늘은 첫인사. '오랜만이에요'든 '반가워요'든 간에, 어쨌거나 우리에게는 아쉬움 없이 기쁜 첫인사.

딸   음악 좀 듣자.

우리는 한참을 거기 서 있었다. 10년 전, 그 엽서를 전하길 잘했다. '우리의 여행을 특별하게 만들어줘서 고마워요'라는 인사가 10년 뒤에도 유효한 문장이 될 줄 몰랐다. 물론 그 꿈속에 타임 슬립 한 듯 돌아온 게 나뿐인 건 아쉬웠지만, 할아버지들이 그걸 몰라도 뭐 어떠랴. 사랑이 꼭 쌍방향이어야만 아름답다는 법은 없으니까. 평생을 쌓아온 덕질의 내공이 빛을 발하는 순간이었다. 나 혼자만의 영화면 뭐 어때, 지금 이렇게 황홀하고 아름다운데.

어떤 것들은 그저 그 자리에 똑같이만 있어줘도 고맙고 또 고맙다. 그게 10년이라면, 그건 불같이 사랑하는 일보다도 어렵기 때문이다. 지금 무슨 일이 일어나고 있는 건지 저 사람들이 모르면 또 어떻고, 날 (당연히) 기억하지 않으면 또 어때. 이 순간은 누구도 흉내내거나 빼앗을 수 없는 거잖아. 담벼락 오케스트라 할아버지들, 감사합니다. 그라시아스!

_____

손님 여러분
진짜 빨리 좀
다니실게요

걸어도 너무 걸었다.

절대로 내가 자유여행 처음 하는 엄마 아빠를 빡세게 걷게 해서 그
런 게 아니고, 가이드(나)는 고객님의 컨디션을 위해 최소한의 동선으
로 최단시간을 걷고자 했으나 내가 "저기까지만 살살 갈까~" 하면서
가다가 누가 안 온다 싶어서 보면,

문제의 "당신 거기 서봐".

엄마가 "어머 여보, 너무 예쁘지 않아요?" 할 때마다 아빠는 반사적
으로 "당신 거기 서봐"를 외치면서 10미터 간격으로 셀프 노동&셀프
휴식을 하고 있었던 것이다.

엄마 아빠의 사진 찍기는 3단계가 있는데,

1단계　엄마의 감탄 → 아빠의 "당신 거기 좀 서봐" = 이쁨

2단계　1단계 + "여보 우리 같이 찍어요" = 투 샷 담고 싶을 만큼 예쁨

3단계　2단계 + 앞서가는 야속한 딸을 부르며 "민지도 이리 와!" = 쓰리 샷 필
요할 만큼 베스트. 이때 가이드는 이의를 제기하지 않고 달려야 한다

특히 이런 경우 셀카봉이 필수였는데, 이렇듯 셀카봉은 마치 제가
제4의 멤버라도 되는 것처럼 모든 여정을 함께하며 (내가 부모님을 찍
은 것인지 셀카봉을 찍은 것인지……) 모든 엄마 손에 있거나 아빠 손에
있거나 해가며 자기만의 숨은그림찾기를 하고 있었다.

결과적으로 어느 한 스폿에 갔다 하면,

아빠 DSLR + 딸 DSLR + 아빠 휴대폰 + 엄마 휴대폰 + 딸 휴대폰 + 아빠
휴대폰 셀카 + 엄마 휴대폰 셀카 + 딸 휴대폰 셀카

이 8개의 렌즈와 각자의 원 샷/투 샷/쓰리 샷/동영상 빙빙 돌기를
조합해 나올 수 있는 모든 경우의 수(오조오억 개)를 마쳐야만 다른 곳
으로 이동할 수 있었기에, 마치 영겁과도 같은 밤산책이 이어졌다. 이
분들은 패키지여행을 다닐 때 30분만 사진 찍을 시간 주던 시스템에
익숙하시기 때문에, 자유를 주면 마치 결혼준비할 때 스냅사진 찍는
부부처럼 촘촘하게 사진을 찍느라 바쁘시다.

저기 손님 여러분, 저희 자유여행이란 말이에요. 일정 풀로 자유란 말이에요. 이래가지고 오늘 안에 집에 가겠냐고요. 3보 1배처럼 최소 3보 3찍을 하시는 분들과의 여행. 10미터를 걸어도 혼자 하는 여행과는 다른 촘촘한 날들이 이어졌다.

1단계
당신 거기 서봐!

2단계
우리도 같이 찍어요.

3단계
민지야, 너도 이리 와!

엄마에게,
처음 하는 이야기

성당에 다니는 엄마 아빠에게 크리스마스 마켓의 앙상한 조명기구들은 문제가 되지 않았다. 오히려 구유 인테리어를 준비하는 스페인 사람들 구경하느라 어찌나 좋아라 다니시는지. 한국보다 따뜻한 날씨, 크리스마스 분위기, 아기자기한 소품들 덕에 엄마 아빠는 스무 발자국 걸으면 웃고, 서른 발자국 걸으면 사진을 찍고 했다. 도시 곳곳에 일상적인 예쁨을 가득 숨긴 마드리드도, 그곳을 지나면서 언제나 감탄할 준비가 되어 있었던 부모님에게도 너무너무 고마웠던 순간들.

집에 오는 길 까르푸 익스프레스에 들러서, 이것저것 먹을 것들을 샀다. 호스트에게 받은 웰커밍와인과 함께 에어비앤비 숙소에서 우리만의 작은 파티를 하고 하루를 마감하기로 했다. 느끼한 현지식에 지친 엄마가 끓인 라면까지. 완벽해.

딸 엄마 아빠, 오늘 어땠어?

아빠 너무 좋더라. 진짜 꿈꾸는 것같이 좋았어.

엄마 엄마는 있잖아, 너하고 언니하고 형부한테 모두 너무 고마워. 엄마가 너희를 키울 때는 너무 정신이 없어서 너희가 이런 일을 가능하게 해줄 줄 정말로 몰랐어. 오늘 민지가 식당 가서 주문하는 걸 보는데 '내가 저걸 키워놨더니 다 컸다고 날 데리고 다니면서 저런 걸 다 하네' 싶어서 엄마는 오늘 너무 뭉클했어.

딸 그냥 이거 이거 주세요 하는 건데 뭘.

엄마 엄마는 근데 그런 거를 꿈도 안 꿔봤잖아. 외국에 나와서 슈퍼에 가고 커피 먹고 싶으면 커피를 먹고 이런 거를 평생 못할 줄 알았어. 그런데 딸을 키워놓으니까 딸이 같이 여기도 가자, 저기도 가자 하는데……. 엄마는 너무 겁이 나서 못할 것 같거든. 처음 보는 외국 사람하고도 막 이야기하고 여기 데려가고 저기 데려가고 하는데 이런 날이 엄마한테 올 줄 몰랐어.

아빠 우리 민지 진짜 멋있더라. 아빠가 아주 든든했어.

외국에 나와서 슈퍼에 가고, 차를 마시고, 밥을 먹으러 가는 일. 그런 걸 뭉뚱그려서 '이런 날'이라고 할 줄 몰랐다. 어디는 맛있더라, 어디는 별로더라. 이건 못 먹겠더라. 그런 감상들이 날아올 거라고 생각했다. 그런데 엄마와 아빠에게 이 여행이 새로웠던 이유는 그 프레임 안에 딸이 있었기 때문이다. 레스토랑의 예쁜 문보다는 그걸 대차게 열고 들어가는 딸이, 먹은 커피의 새로운 맛보다는 그걸 주문해서 "카페 솔로는 아빠 거요, 카페코르타도는 저 주시고요" 하고 손짓해서 자기 앞에 오도록 유도한 딸이 더 중요했다. 어딘가 테이블에 앉았을 때 아빠가 날 뚫어지게 보길래 "왜?" 했더니 "이뻐서" 하고 대답했는데, 그건 화장이 잘 먹었다거나 그런 의미가 아니라 나의 행동을 보면서 만감이 교차했던 거였다.

기분좋게 술이 올라온 우리는, 서로에게 평소에는 못했던 이야기들을 꺼냈다. 엄마와 아빠가 서로에게 느끼는 고마움, 내가 혼자 여행할 때마다 느꼈던 나름의 외로움과 그렇기 때문에 오늘 느끼는 감격. 아빠가 젊은 시절 해외출장 시간을 쪼개 봤던 외국 이야기, 특히 백 번쯤 들었던 이탈리아의 첫 에스프레소 이야기(커피 달라고 했더니 작은 잔에 시키면 원액이 나왔고, 옆에 있는 외국인 아저씨를 따라 톡 한 모금 마셨더니 어찌나 썼는지, 그리고 그후에 입안에 퍼진 풍미가 얼마나 충격적으로 맛있었는지. 아빠는 그래서 지금도 에스프레소를 마신다), 엄마가 기분이 좋으면 항상 말하는 '아빠만한 사람이 없지'.

그러던 중, 와인 한 모금을 더 마신 엄마가 가슴 벅찬 표정으로 말을 이었다.

엄마   엄마는 너무 가슴이 찡해. 연년생 둘 키우느라고 정신이 하나도 없었거든. 엄마도 아빠도 너희가 딸이어서 아쉬웠던 적은 한 번도 없어. 물론 어른들은 달랐지. 근데 오늘 확실히 느꼈어. 아, 열심히 키워놓았더니 멋지게 컸구나. 역시 우리 딸들 멋지다. 오늘 아빠하고 민지하고 다니면서 엄마는 이렇게 뿌듯하고 든든할 수가 없었어. 고생한 보람이 있구나 싶었지. 엄마는 진짜 힘들었었거든…….

딸 알지 왜 몰라. 엄마 고생 많이 했지~ 아빠도 그렇고.

아빠 그럼~ 엄마 고생 많이 했지.

엄마 당신도 수고 많이 했지. 은퇴했다고 딸이 이런 데도 따라와주고 하니까 좋
     네. 큰딸도 같이 왔으면 좋았을걸.

딸 그러게. 우리가 이제 대가족 돼가지고 움직이기가 힘들어.

엄마 아빠가 은퇴할 때까지 고생 참 많이 했어. 성실하고, 항상 열심히 하고…….

딸 맞아, 아빠가 좀 멋있지.

엄마 너희한테도 아빠가 항상 잘했고……, 물론 엄마가 시집살이하면서 힘들 때
     도 많이 있었지만.

딸 엄마 힘들었던 거 잘 알지. 근데 그렇게 키워놓으니까 얼마나 좋아, 그치?

엄마 엄마는 요즘 마음이 힘들 때가 많았거든. 물론 항상 힘든 일이 많았지만 엄
     마가 요즘 힘도 없고 마음도 약해지니까 예전에 힘들었던 말이나 그런 것들
     이 자꾸 생각이 나.

딸 생각하지 마, 엄마. 좋은 일만 생각해.

엄마 이런 데 와가지고 우리 민지하고 아빠하고…….

엄마가 운다.

딸 왜 그래 엄마…….

엄마 엄마는 아빠한테 고마운 게 더 많지만 서운한 것도 많아. 엄마한테 아들은
     없어도 우리 두 딸 항상 부끄럽지 않았고…….

딸 그거야 아빠도 항상 그랬지. 그치?

나는 익숙하게, 20년간 엄마한테 해왔던 이야기를 또 한다.
아빠는 또 말이 없어진다. 나는 슬슬 걱정이 된다.

엄마　근데 엄마가 시댁 때문에 너무 힘들 때 아빠가 엄마 편을……

딸　그거는 엄마. 옛날에는 그랬지만 아빠도 요즘 노력하고 있잖아. 왜 울어 엄마.

엄마　엄마는 생각만 해도 서러움이 북받칠 때가 있어. 엄마가 환갑이 다 되는데도 그래. 엄마가 예전에 얼마나 서운했냐면……

딸　이미 다 했던 얘기잖아. 좋은 얘기만 하자. 엄마가 그러면 아빠가 지금 뭐라고 말해?

엄마　엄마가 시집살이한 이야기를 하면 아빠가 화를 내니까, 지금도 아빠는 듣기가 싫을 거야.

딸　엄마 그만해…….

이어지는 정적.

딸　엄마. 꼭 이 좋은 분위기에서 그런 얘기를 해야겠어? 오늘 하루종일 잘 다니고 좋게 마무리하자고 와인 먹고 이렇게 하는 거잖아. 왜 좋은 데서 좋은 이야기만 못해?

엄마　엄마는 자꾸 생각이 나.

딸　그거는 아는데, 뭐라고 대답해야 할지 모르겠잖아. 다 같이 여기까지 왔으면 좋은 얘기만 해도 아까운 시간이잖아. 즐겁게 지내려고 엄마도 같이 노력해 줘야지. 열심히 기분좋게 다녀놓고 마무리가 지금 이게 뭐야.

엄마　그래 알았어. 엄마는 민지처럼 그런 게 잘 안 돼.

관계라는 건 조명과도 같은 것이라, 자신이 놓인 반경에서 자신이 바라보는 방향 위주로만 보인다. 어떤 사람은 모공까지 선명하게 보이고, 어떤 사람은 각도에 따라 배제되기도 하고. 그렇게 쉽지 않은 것을 거미줄처럼 엮인 관계도 안에서 각자의 방식으로 살아남기가 누구에게든 쉬웠겠냐만, 확실히 엄마의 삶은 힘들었다. 그렇다고 누군 안 힘들었다는 게 아니라, 엄마의 삶은 지켜보는 것만으로도 타인이 아플 만큼 힘들었다.

나는 여행기를 쓸 때, 현지에서 기록할 여유가 없었던 것들에 대해서는 시간순으로 사진을 배열해놓고 본다. 그런데 저 테이블 사진에서 언제나 막혔다. 그때 엄마에게 "엄마는 왜 좋을 때 좋은 이야기만 못해?" 하고 말한 그 순간을 아직까지 너무 아프게 후회한다.

회사 다니다가 하고 싶은 일 따로 있다고 때려치우고, 하고 싶은 일을 하는 과정에서도 원하는 게 있으면 굶으면서라도 하고, 결혼에 대한 계획도 생각도 없으며, 1년이든 2년이든 주기적으로 하고 싶은 것을 위주로 삶을 꾸려온 내가 뭘 알까.

누구나 각자의 힘듦을 안고 살고 그 힘듦의 경중을 비교할 수는 없지만 힘듦의 종류는 비교할 수 있다. 어떤 삶은 자신이 원하는 것을 위해 자신이 각오할 고통을 선택할 기회조차 주어지지 않는다. 20대의 예쁜 나이에 사랑하는 사람과 사회의 규칙대로 결혼을 하고, 어느 날 시댁이라는 이름으로 모르는 사람들이 한꺼번에 내 가족으로 추가되어 그 가족에 대한 의무 중 많은 부분이 내 것이 되었다. 연년생 아이가 태어난 것은 기쁨이고 축복이었지만, 두 아이를 키우며 맏며느리로서의 의무를 다하느라 하루하루를 허덕이는 삶은 절대로 쉽지 않았다. 그때는 독박육아라든가 시월드라는 단어조차 없었다. 아이 둘을 달래가며 얼굴도 모르는 남편 조상의 밥까지 일 년에 몇 번을 차려내도 그게 당연하던 시절, 서러움을 이야기하면 시부모 흉이 되고 애 키우는 힘듦을 이야기하면 철없는 새댁이 되던 시절. 그걸 가족에 대한 책임감으로 하루하루 관통하는 '견디는 삶', 그걸 비혼의 프리랜서 딸이 얼마나 알 수 있을까. 그런 내가 그런 엄마에게, 마치 좋을 때 좋은 얘기만 하는 게 쉬운 일인 양 그렇게 말했다. 좋을 때 좋은 얘기만 하고, 싫을 때 싫다고 얘기하는 건 나처럼 그렇게 살아온 애들이나 할 수 있는 복에 겨운 개인기란 걸 알아야지. 견디는 삶을 살아온 사람들이 평생을 좋을 때 좋은 말만 하지 못하고 힘들 때 힘들다 하지 않도록 훈련된 것에 대해 내가 뭘 안다고. 열심히 고생하고 아끼고 저금해 좋은 것을 사면서도 "이거 그냥 싼 거예요" 해야 했고, 누가 봐도 불합리한 양의 일을 하면서도 "이까짓 거 금방 해요" 하며 버텨온 삶에 대해 니가 뭘 안다고. 감정이 분출할 정도로 행복해지는 순간에 항상 서러웠던 순간들이 세트로 딸려올 수밖에 없었던 엄마의 삶을 나는 모른다.

그냥 엄마에게 "맞아, 동네가 너무 예쁘고 행복하니까 엄마한테 또 회한이 몰려올 만하지. 엄마한테도 이런 기회가 많았으면 좋았을걸. 앞으로 자주 재미있게 지내보자. 울지 마" 하고 안아줬으면 될 일을, 나는 왜 그 머리가 안 돌아갔을까. 나는 내가 힘들었던 거다. 이 문제는 내가 해결할 수 있는 주제와 단위가 아니란 걸 살면서 항상 체득해 왔기 때문에, 그 무거운 돌덩이 같은 것이 스페인 여행 둘째 날 떡하니 내 앞을 가로막는 공포가 제멋대로 엄습했던 거다. 거기다 이번 여행이 순조롭게 잘 돌아가게 하는 게 내 책임이라는 생각 때문에 '안 돼, 그 얘기가 여기서 나오면 안 돼' 하는 마음이 앞섰던 거다. 모자란 딸은 그 상황을 타개할 말이 고작 그것밖에 떠오르지 않았다. "왜 엄마는 즐거울 때 긍정적으로 즐거워할 줄 몰라? 왜 엄마는 즐거운 생각만 못해? 왜?" 그 이유를 내가 진정 모르는 것도 아니면서.

그렇게 엄마를 안아주는 일이 아빠를 곤란하게 하는 일도 아니고, 은퇴를 맞이한 우리 가족이 해야 할 일은 사실 그렇게 치열하게 살면서 아팠던 이야기들을 각자의 입장이나 발톱을 접고 들어주는 일인데. 뭐 대단한 가이드하신다고, 뭐가 그렇게 곤란해서.

하루를 꽉 차게 행복해하고 그걸 숨김없이 표현하면서 동행하는 사람까지 행복하게 만들어줬던 엄마에게, 나는 마지막 몇 마디를 두고 이기적인 말을 했다. 그때 진작 말하지 못했던 미안함을 담아서 엄마에게 뒤늦게 말하고 싶다.

엄마, 그날 그 저녁이 어색하게 마무리된 건 엄마가 분위기를 깨서가 아니라 내 생각이 작고 짧았기 때문이에요. 그때 미안하다고 말했어야 했는데, 어쩌면 엄마는 여행 내내 그 말을 안고 다녔을까봐 미안해요. 미안해. 내가 엄마랑 아빠처럼 좀더 넉넉한 사람이 될게!

PS.

여기까지 써놓고 스리슬쩍 엄마에게 그 밤의 감상을 물었는데,

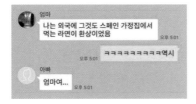

우리 엄마 진짜 사랑스러워.

엄마는
지하철 오프너

톨레도로 가는 날 아침. 오늘은 엄마 아빠한테 아주 중요한 날이다. 엄마 아빠의 첫 스페인 대중교통 타는 날! 10회짜리 티켓을 사서, 아빠에게 건넸다.

딸   (비장) 이 티켓을 넣고 들어가는 거야.

아빠   엄마는?

딸   이게 10회권이니까 쓰고 엄마를 줘. 그러면 엄마도 같은 걸로 횟수 차감 시키면서 쓸 수 있어.

엄마   안 걸려?!

참신한 걱정인데!

딸   설마 불법행위 시켰을라구. 원래 그렇게 쓰는 거야. 엄마가 쓰고 나 넘겨주면 돼. 알겠지? 파이팅!

사람들이 뭔가 관광객이 뭘 몰라서 고민하나 흘끔흘끔 쳐다본다.
그런 거 아닙니다. 저희 그냥 회의해요.
〈아젠다 : 마드리드 개찰구 통과 1회차〉

비장한 탑승, 터지는 광대.

딸   위에 써 있는 게 '오이도' '청량리' 같은 방면이야. 5호선 카사데캄포 방면으
        로 가서 여섯 정거장 가서 내려야 돼.

엄마   너는 그걸 어떻게 알아?

아빠   똑순이여.

부모님이랑 자유여행 가시면 각자에게 역할을 꼭 하나씩 드리길 추
천한다. 이건 우리 모두를 위하는 길인데, 엄마 아빠에게도 내가 이 여
행에 참여하고 있다는 느낌과 현지에서 내가 뭔가를 해내고 있다는 성
취감을 드릴 수 있다. 자식 가자는 대로 따라다니기 바쁜 엄마 아빠는
따라다니기 바쁜 동시에 또 미안해하느라 바쁘다. 함께 으쌰으쌰 하
고 있으면 다함께 협동하는 기분도 좋고, 무엇보다 아주 귀엽다. 꼭

해보시길.

우리 엄마의 역할은 두 개였는데, 그중 하나가 지하철 문 열기였다.

> 딸 엄마, 스페인 지하철은 그냥 안 열려. 나중에 열차가 오면 아마 고리 모양 손
> 잡이가 있거나 누르는 버튼이 있을 거야. 그거를 눌러야지 열려. 그거를 이
> 제 엄마가 눌러서 열어야 돼.
>
> 엄마 실패하면 어떡해?!
>
> 딸 그럼 못 타는 거지. 엄마 탓이지.
>
> 엄마 아이~ 안 할래.
>
> 딸 농담이고, 완전 쉬워. 내가 옆에서 봐줄게. 앞으로 엄마는 지하철 오프너야.

이렇게 어머니는 지하철 오프너가 되었다.

엄마는 야심 차게 버튼을 눌러서 멋지게 문을 여셨고, 덕분에 우리
는 지하철 탑승에 성공했다. 환승역에서도 당당히 잘 내렸다.

설레는 마음으로
개폐버튼을 누른 엄마와,
그런 엄마가
자랑스러운 아빠.

지대가 높은 도시인 톨레도는 공중에 붕 뜬 요새처럼 풀 샷부터 예쁘다. 들어가는 여러 가지 방법이 있지만 에스컬레이터 타고 들어가는 방법이 가장 편하다는 정보를 입수해서 살살 걸었다. 에스컬레이터를 타고 동네에 들어간다니 모두에게 신기한 체험. 이런 톨레도가 어떤 도시냐 하면……

…… 몰라.

마드리드 주변 도시지. 용산구가 어떤 구냐고 물으면 할말이 있습니까? 하지만 설명 못하면 부모님은 절망하실 거다. 네이버 도와줘.

> 딸 톨레도는 예전에 왕국 수도였대. 유럽 역사가 복잡해서 여러 나라가 땅따먹기를 요롷게도 하고 저렇게도 하고 그랬잖아. 그래서 여러 왕국이 있었는데 톨레도는 그 시절에 수도로 오래 있던 곳이어서 이슬람도 살았다가 유대교도 살았다가 가톨릭 되고 나서도 살았다가. 그런 식으로 주로 사는 사람들이 여러 번 바뀌었대. 그래서 도시 전체에 이슬람, 유대교, 가톨릭 문화가 다 남아 있대. 지금은 마드리드가 수도지만 옛날에는 톨레도가 되게 잘나갔대.
>
> 엄마 그렇구나~

돌이켜보면 설명이 되게 두서없고 정성이 없지만 엄마 아빠 가족애가 있으니까 리액션을 잘해주셨다. 어차피 열심히 달달 외워봤자 역사덕후인 아빠도 못 쫓아가고 말이야……

딸　손님 여러분 일단 밥을 드시죠. 톨레도에선 하루종일 걸으니까요.

스페인에서 음식을 시킬 때, 레스토랑 입구에 메누델디아오늘의 메뉴가 있는지 확인해두길 추천한다. 그 식당이 제공하는 여러 가지 음식을 훨씬 저렴한 가격에 먹어볼 수 있으니까. 첫번째 음식, 두번째 음식, 음료(맥주 와인 등 포함) 하나, 디저트(혹은 커피) 하나를 저렴한 가격에 파는 세트 메뉴. 인당 10유로 안팎. 엄마 아빠와 내가 시키면 총 6개의 요리에 3잔의 음료와 3개의 디저트를 30유로 선에서 먹을 수 있다는 뜻이다.

여러 명이 여행할 때 특히 유용한 이유는, (특히 자식이 직급이고 직함이 가이드인 여러분 주목하세요) 선택의 고통을 매우 줄여주기 때문이다. 만약 우리 셋이 메누델디아 메뉴판을 받아들었다면, "첫번째 요리는 (위에서부터 손가락으로 짚으며) 하나씩 주시고, 두번째도 하나씩 다 주세요" 하면 되기 때문이다. 그러면 우리는 이 집 요리 6개를 다 먹을 수 있다. 메누델디아는 선정할 때도 나름 종류를 고려해서 재료는 물론 조리법도 다양하게 구성하기 때문에, 위에서부터 하나씩 딱딱딱 주세요, 하더라도 최소한 똥망은 피할 수 있다.

딸　어때?
엄마　너무너무 맛있다. 예전에 엄마가 생선을 너무 좋아해서 외할아버지가 맨날 "우리 둘째딸은 생선장수한테 시집가야겠어~" 했었거든.
딸　망했네 결혼을 그러면. 생선장수랑 못해서.

아빠   엄마 생선 원없이 먹잖아.

엄마   아빠가 많이 사줬어 생선.

딸   예…….

여기서 엄마의 두번째 역할. 계산서 청구담당.

우리나라는 카운터에서 계산하는 경우가 많지만 유럽은 자리로 불러서 계산서를 달라고 하고 지불하는 경우가 많다. 그래서 "계산서 주세요~"를 해야 한다. 그래서 엄마에게 그 역할을 맡기기로 했다.

딸   엄마. 손을 이렇게 펜으로 편지 쓰듯이 액션을 하면서 계산서를 달라고 그래봐.

엄마   엄마가 그걸 어떻게 해. 스페인어도 모르는데.

딸   나는 뭐 알아서 하나. 따라 해봐. 라 꾸엔따 뽈파볼(La cuenta, por favor). '라 꾸엔따'가 계산서야. '뽈파볼'은 '플리즈'야. 계산서 플리즈!

엄마   못해. 니가 해.

딸   아빠가 할래?

아빠   싫어.

딸   아빠 쑥스러워서 안 한다잖아. 에헤이, 이런 것도 하나 해보고 해야지. 패키지여행에서는 하고 싶어도 못해~

발음대로 "라 꾸엔따 뽈파볼"을 휴대폰에 적어서 보여줬다.

딸   포인트는, 우리 서빙해주던 아저씨 있지? 그 아저씨를 바라보다가 눈이 마주치면 손을 들고 허공에 쓰는 시늉을 하는 거야, 사인하듯이. 그러면서 말해. 라 꾸엔따, 뽈파볼!

그 순간, 옆에 있던 웨이터 아저씨가 다가왔다.

웨이터 계산해달라고요?
딸   ……네.

계산서 청구담당 데뷔 실패.
엄마는 입도 못 떼고 손을 내렸다. 라 꾸엔따 뽈파볼, 라 꾸엔따 뽈파볼…… 조용조용 되뇌면서 가게를 나왔다.

괜찮아 엄마, 매일 세 번씩 기회가 올 거야.

배 터지는 음식과 함께 와인 한잔하고 나니 기분이 좋아진 우리는, 톨레도 동네를 스냅사진 찍듯 누비며 다니기 시작했다.

여행을 하면서 느끼는 건데, 아무리 좋은 것이라도 그 선택지와 스케일이 크면 조금은 불행해진다. 숨만 쉬어도 '내가 지금 시간낭비하나? 어디든 가야 하지 않아? 너무 시간을 많이 써버렸나?' 싶어지기도 하고, 어딘가 가기로 했을 때 이게 최선의 선택이 맞는지 끊임없이 고민하게 되기 때문이다. 톨레도는 볼거리가 많지만 확실히 대도시보다는 작고, 볼거리의 개수 자체가 많다기보다는 도시 전체가 하나의 유산같이 느껴지기 때문에 걷기만 해도 즐겁다. 톨레도 대성당 가기, 톨레도 파라도르 카페에서 야경 보기 정도를 굵직굵직하게 잡아놓고 나머지는 돌아다니는 길 자체를 즐기기로 했다. 작은 도시 여행이 주는 선물!

아가리가이드의
역습

그렇게 돌아다니던 찰나, 가족카톡방이 울린다. 언니다.

가족 단톡방

큰딸 다들 여행 잘하고 있어?

작은딸 응~

큰딸 톨레도 예쁘지. 밥은 먹었어?

작은딸 응~ 안 그래도 지금 먹었어.

큰딸 맛있는 거 많이 먹고 와. 메누델디아 시키면 많이 나오잖아~

작은딸 알지. 그렇게 했어.

큰딸 톨레도 성당은 갔나?

작은딸 지금 가려고.

큰딸 얼른 가. 그래야 꼬마기차도 타고 석양 지는 것도 보고 그러지.

작은딸 그러려고~

큰딸	가서 엄마 아빠한테 설명 잘 해주고.
엄마	민아야, 우리 너무 재미있어~
큰딸	응. 무리하지 말고 다녀. 힘들면 민지한테 얘기하고.
작은딸	저기요, 알아서 잘 모시고 있거든요.
큰딸	알거든요.
아빠	ㅋㅋㅋ 우리 딸들 고마워~

그리하여, 한국에서 나를 지켜보고 있는 언니의 카톡에 단꿈에서 깬 가이드는 톨레도 성당의 정보 검색과 함께 발길을 옮긴다.

딸	자자자, 손님 여러분 빨리 가실게요!
엄마	어머, 세상에 이렇게 큰 성당이 있어!
딸	톨레도 대성당은 말이에요, (급한 검색) 원래 톨레도에 무슬림이 살다가 가톨릭 교도들이 톨레도를 먹었을 때, 로마 교황청에서 여기를 가톨릭 중심지로 임명을 했대.
엄마	오~
딸	그러면 폼 나는 성당 하나는 있어야겠죠? 그래서 이슬람 사원 부수고 그 자리에 지었대.
엄마	오호~
딸	엄마 아빠 터키 갔다 왔지? 그때, 패키지로.
아빠	응.
딸	아야소피아 봤어?
아빠	응.

딸   그게 성당을 모스크로 개조한 거니까 이거는 반대 케이슨데, 개조가 아니고
      그냥 새로 지었대.

엄마   오~

내용 읽는 동시에 말하면서 본인도 속으로 오~를 외치는 온 가족
배움의 현장.

딸   이 엄청 큰 대제단 보이시죠? 그 당시 가톨릭의 돈 자랑 대잔치의 현장입니
      다. 벽돌 엄청 촘촘한데 저렇게 만들기가 되게 어려운 거래요.

……너처럼 설명하긴 참 쉽겠다.

딸   다음은 성직자 좌석입니다. 여러분, 예쁘죠? 밑에는 나무고 위에는 대리석이
      예요. 디테일이 달라서 하나씩 꼼꼼히 보면 재미있다고 하는데……

그럼 엄마는 하루종일 볼 거야……

딸   ……시간도 많이 걸리겠지요. 여튼 그럽디다. 톨레도 성당에는 그림도 많은
      걸로 유명해요. 그중에서 특히 '엘 그레코'라는 그리스 사람이 톨레도에서 그
      림을 많이 그렸어. 우리 아까 들어올 때 '엘 그레코의 집'이라고 있었는데 기
      억나? 이 사람 살던 집까지 관광지고 그래. 엘 그레코는 이름이 아니고 '그
      리스 사람'이라는 뜻인데, '그레코'라는 말은 그리스 사람이라는 뜻의 이탈리
      아어고, 앞에 '엘'은 스페인 정관사야. 결국 자기 살던 세 곳이 다 짬뽕된 별

명이야. 서른다섯 살 때부터 거의 평생을 톨레도에 살았고 가톨릭 관련된 그
림을 많이 그렸대. 이것도 그 아저씨가 그린 거래. 그림을 보면 예수보다 더
높은 곳에 군중들이 보이기도 하고, 여러 가지 사건을 한 그림에 그리기도
해서 엘 그레코가 받고 싶은 가격만큼 교회에서는 쳐주고 싶은 마음이 없었
대. 그걸로 좀 싸웠대. 여튼 지금은 엄청 비싸겠네요.

비하인드 에피소드를 작품 에피소드보다 더 중요하게 다루는 야매 가
이드.

톨레도 성당에선 눈이 막 돌아간다. 성당에 들어간 예술작품이 너무
많고 바닥부터 천장에 이르기까지 디테일도 달라 하나씩 보자면 하루
종일도 구경할 수 있을 것 같던 곳. 성당을 나올 때쯤, 다시 울리는 단
톡방.

가족단톡방

큰딸 　구경 잘하고 있어?

작은딸 　응.

아빠 　성당 다 봤어.

큰딸 　꼬마기차 아직 안 탔어?

작은딸 　택시 타고 파라도르 야경 보러 갈 건데, 택시 타고 가는 루트랑
　　　　꼬마기차 루트가 같아서 둘 중 하나만 하려고. 파라도르 카페에서 해 지는
　　　　거 보고 앉아 있으려면 좀 일찍 가 있어야 해서 그거만 할 생각이야.

큰딸 　꼬마기차 타야 되는데!

작은딸 그러면 같은 코스를 다른 교통수단으로 두 번을 도는 건데……
파라도르에서 시내 봐도 어차피 뷰는 비슷해.

큰딸 언니가 가봤잖아. 달라 완전. 꼬마기차 타.

엄마 민아 안녕~

큰딸 엄마, 민지한테 기차도 타고 파라도르 카페도 가자고 그래.

작은딸 기차 시간 맞으면 갈게.

큰딸 꼭 가야 해~ 아빠도 보면 좋아할 거야. 언니는 톨레도 가봤잖아.

이게 차라리 갠톡이면 내가 스무스하게 "둘 중에 하나만 해도 됩니다"를 해도 됐는데. 엄마 아빠가 다 보는 단톡방인 이상 이걸 매정하게 안 모셔가자니 괜히 내 마음이 찜찜.

가족 단톡 방

큰딸 기차 꼭 타라!

작은딸 그럼 일단 급하게라도 가볼게. 안 되면 어쩔 수 없고~

엄마 아빠와 경보하듯 기차가 있는 광장을 향해 걸었다. 줄이 길다. 이러면 안 되는데……

가족 단톡 방

작은딸 언니, 줄이 너무 길어.

큰딸 그래도 타야 돼~

톨레도에 와본 언니는 언니가 봤던 예쁜 풍경을 엄마 아빠에게도 꼭 보여주고 싶은 거다. 그런데 나는 해 질 때쯤 전망을 보러 가서 여유 있게 앉아 있을 계획으로 움직였던 터라 갑자기 일정 하나를 더 하자니 마음이 급했다. 하지만 이미 단톡방에서 이 이야기를 읽고 있는 엄마 아빠는 나에게 내색하지 않지만 분명 기대하게 됐을 거라는 생각이 들었다.

> **가족단톡방**
>
> 작은딸 (급하게 와서 줄을 서고 부글부글하는 마음을 누르며) 언니, 기차 이제 타려고.
>
> 큰딸 오른쪽에 앉아야 돼. 꼭 오른쪽을 사수해!
>
> 작은딸 알았어, 노력해볼게.
>
> 큰딸 꼭 그래야 돼. 오른쪽이 뷰가 예쁘게 보인단 말이야.
>
> 작은딸 ……제가 알아서 하겠습니다.

그때부터였나봐요, 우리 언니의 닉네임이 '한국지사 아가리가이드'가 된 게. (입으로만 다이어트하는 저 같은 사람을 '아가리다이어터'라고 하는 데서 패러디.)

> **가족단톡방**
>
> 작은딸 아가리가이드씨, 저는 지금 혼돈의 현장에서 최대한 해내려고 몸으로 뛰고 있단 말이에요.
>
> 큰딸 (안 들음) 오른쪽을 사수하라고.
>
> 작은딸 알았다고, 사수한다고.

아빠 우리 딸들 고마워~ (해맑)

엄마 아빠는 뿌듯해서 광대가 발사된다. 딸 둘이서 자기네 나름대로 엄마 아빠 스케줄을 짜놓고서 뭐라도 더 보여주려고 단톡방에서 지구를 반 바퀴 돌아가매 싸우는 게 얼마나 아름다운 배틀이냐, 이거예요. 그러나 작은딸은 머리로는 알면서도 짜증이 나는 것입니다.

아빠 민지야. 무리면 안 타도 돼.

딸 아니 어떻게 안 타. 지금 안 타면 한국에 있는 저 언니가 가만 있겠냐고. 그리고 엄마 아빠도 기대되잖아.

엄마 언니는 너도 좋은 구경 같이 하게 해주려고 그러지.

딸 내가 톨레도를 와 봤으면 아니요, 됐습니다~ 하겠는데 내가 자신이 없으니까 그러지도 못하겠어. 피곤한데 얄미워! 그런데 안 갈 수는 없어! 일단 빨리 탑시다. 타요 타!

눈치 작전 열심히 펴서 탑승.

가 족 단 톡 방

작은딸 언니 걱정 마. 방금 탔어~

큰딸 오른쪽에 앉았어?

(포효) "아오!"
엄마 아빠 빵 터짐.

가족단톡방

작은딸 탔다 탔어! 그래! 어차피 우리는 세 명이라 어느 쪽에 앉든 왔다 갔다 하면서
    볼 수 있어! 언니 원하는 대로 다 뿔뿔거리면서 잘 다니고 있으니까 걱정 마!

큰딸 수고했다ㅋㅋㅋㅋㅋㅋ

엄마 민아 민지 고마워~

작은딸 (갖고 있는 분노 짤 다 보내는 중)

작은딸 됐냐.

큰딸 ㅋㅋㅋㅋㅋ 장하다 내 동생. 잘 보고 와라.

엄마 아빠는 울그락불그락하는 내가 웃겨서 어쩔 줄 모르고, 나는
그 와중에도 '기차를 타면 뭐든 입에 넣을 것을 사는 게 우리 정서 아
니냐'면서 후다닥 내려 환타 오렌지를 샀다. 스페인 오면 꼭 먹어야
하는 환타 오렌지! 우리나라에서 먹는 환타 오렌지와 달리 생오렌지
향이 많이 난다. 스페인에 올 때마다 거의 옛날 환타 FUN캠프 수준
으로 먹고 간다. (이거 알면 최소 8n년생.)

톨레도는 요새같이 생긴 시내를 벗어나, 다리 건너편으로 넘어왔을
때의 모습이 장관이다. 이 기차가 가는 루트도 그렇게 해서 한 바퀴를
도는 여정. 완전히 도시 건너편으로 왔을 때, 센스 있게 한 번 내려주
신다.

엄마 아빠 사진을 열심히 찍어주면서 빨리 포토타임이 지나가길 기
다린다.

아빠   이리 와 빨리. 너 찍어야 그만 찍지.

딸   ……네.

합동 셀카 촬영.

딸   듯즈? 쯔긋즈?(됐지? 찍었지?) 자자자, 얼른 내려가서 다시 전망 카페로 올라가야 돼!

기차는 다시 우리를 태우고 원래 왔던 광장으로 돌아간다. 그럼 저는 또 바쁘겠죠? 초반 계획대로 파라도르 모시고 올라가서 석양 봐야 되니까요. 그래서 얼른 택시를 타고 후다닥 가야겠다며 두리번거리며 고객님들이 따라오시는지 돌아보는데,
해맑게 인증샷 백 장 찍으시느라 올 생각이 없으셨다. 세월아 네월아.

딸   자자, 갑시다~

택시를 타고 달려서, 파라도르에 도착.

포토타임!
여기 보세요, 여보~

고성을 개조해 만든 스페인 국영 숙소인 파라도르. 그중에서도 톨레도 파라도르는 전망이 좋아서 유명하다. 톨레도 자체가 작은 도시라 숙박을 하지 않는 경우가 더 많지만 톨레도 파라도르에 묵기 위해서 일부러 투숙하는 신혼부부는 많다고 들었다. 아까 찍은 그 뷰포인트의 장관을 더 높은 지대의 객실에서 직접 볼 수 있으니까. 그러나 굳이 투숙하지 않고 1층 카페로 가면 같은 전망을 볼 수 있다.

엄마　민지야.

딸　응?

엄마　근데 성당에는 왜 불이 안 들어오냐.

딸　에헤이. 안 들어오긴 왜 안 들어와. 성당 불 들어오는 게 제일 예쁘다고 인터넷에 나와 있었어.

엄마　그래?

딸　기다려봐. 마음 급하시기는~

우리는 테이블에 자리를 잡고 앉아서, 화이트와인 한 잔과 커피 두 잔을 시켰다.

뷰포인트에 흡족해하는 고객님 1 (사진덕후)과 고객님 2 (모델, 새우튀김)를 보면서, 아 이제 해 지는 거 구경만 하면 되는구나, 더이상 쫓기지 않아도 되겠구나 생각이 든 가이드에겐 그제서야 마음의 평화가 찾아온다.

아빠　우리 딸이 이걸 빨리 보여주고 싶어서 마음이 급했구나~

아이고 우리 딸 고생했어~

(솔직히 꼬마기차에서 완전 볼 거 많던데. 큰딸 없었음 어쩔 뻔.)

딸 　그니까! 여기 전망이 얼마나 예쁘냐고!

(근데 솔직히 꼬마기차 안 탔으면 후회했다.)

결국 두 일정 모두 소화하고 나니 기분이 아주 째지는 세 사람.

　도달하는 방식도 역할도 다르지만, 항상 결과적으로는 같은 곳을 볼 수 있어서 행복한 우리. 이제 우리에게 남은 일은 이 야경을 보면서, 하나씩 어둠이 내리기를 기다리는 일뿐이다.

"오! 도로에 불 들어온다!"

잠시 후

딸 　…….

엄마 　성당엔 안 들어오는 것 같지?

나 이 상황을 하루 전에 겪은 것 같은데.

딸 　……잠시만.

카페 직원에게 간다. 왕궁에서와 같은 뒷모습으로 서 있다가, 같은 표정의 얼굴로 돌아선다.

엄마　……안 들어온 대지?

나　네. 지금 시즌에는 안 켠대요. 눈물 난다.

아빠　괜찮아, 안 그래도 예뻐~

진짜 예쁘다. 성당 불이 안 들어와도 너무너무 예쁘네.
그 말인즉슨
성당 불이 들어왔으면 오만 배쯤 더 예쁘지 않았을까!
기쁨과 아쉬움이 동시에 밀려드는 가이드.

엄마　민지야 엄마는 아까 감동했어. 너는 너대로 계획을 시간대별로 짜서 그걸 지
키려고 하고.

아빠　민아는 민아대로 지가 와봤는데 같이는 못 오고 보여주고 싶으니까 알면서
데려가달라고 하고 고집부리는 거지. 우리가 딸들 잘 키웠지.

딸　……언니가 그냥 같이 왔으면 더 좋았을걸.

아빠　언니도 발로 뛰게?

딸　아니. 그냥 언니 생각이 나. 같이 있으면 좋잖아. 야경 되게 예쁘다.

그 야경이 아쉽지 않을 만큼 충분히 눈에 담겼을 때쯤에 우리는 자
리에서 일어났다.
엄마는 나중에, 가장 마음에 남는 도시는 단연 톨레도였다고 했다.
골목골목을 돌 때마다 소녀 같았던 엄마가 예뻐서 나도 참 좋았지. 항
상 조급해하지 않고, 내가 망설일 때면 카메라를 들어 자연스럽게 시
간을 채워주던 아빠도 참 좋았지.

하이라이트라던 톨레도 성당의 조명은 끝내 켜지지 않았지만, 서로
가 어디에서 어떤 역할로 있든 서로를 향한 마음이 빛나서 더 반짝였
던, 우리 넷이 함께한 첫 톨레도.

아가리가이드, 다음엔 우리 꼭 같이 와! 보고 싶어 혼났네.

세비야에서 찾은
엄마의 소원

세비야의 에어비앤비 호스트는 영어를 못했다. 까맣고 꼬불꼬불한 긴 머리와 굵은 선의 이목구비를 가진 호스트는, 플라멩코의 도시 세비야를 단번에 떠올리게 하는 이미지여서 그마저도 여행의 일부처럼 느껴졌다. 내가 스페인어를 못한다고 간단히 스페인어로 이야기하자, 호스트는 자기도 영어나 한국어를 못하니 괜찮다고 하면서 스페인어에 손짓발짓을 매우 섞어가며 각 방과 옥상 해먹까지 안내해줬다. 스페인어 설명 도중에 내가 이해를 못한 듯 갸우뚱거리면 더 큰 목소리의 같은 스페인어로 이야기했다. 여전히 이해할 수 없었지만 호스트의 답답한 마음은 알 것 같아 이제는 알겠다는 듯 "아 오케이~" 하고 방긋방긋 웃어가며 그녀를 안심시켜주었다.

마치 외할머니와 통화하는 우리 엄마를 보는 것 같았다. 엄마는 항상 거실이 떠나가라 쩌렁쩌렁 수화기에 대고 포효하듯 외할머니와 통화를 한다. 나이가 드실수록 점점 잘 듣지 못하시는 외할머니를 위한 것인데, 문제는 의사소통이 더뎌질수록 목소리가 점점 커진다는 점이다. 이미 통화를 시작할 때 수화기가 전송할 수 있는 성량 기준으로는 최대치였던 것 같은데, 나중에는 방 전체를 다 뚫고 나갈 정도로 고래고래 소리를 지르시는 것이다. "아니 엄마!!! 점심 약말고!!! 저녁 약!!! 저녁 약!!! 드셨어???" 그러면 나는 항상 옆에서 TV를 보다가 "엄마, 그렇게 소리지른다고 할머니한테 더 잘 들리는 거 아니야. 원래 하던 소리로 천천히 또박또박 말하는 게 나아" 그러면 엄마는 "아, 그러니?" 하시고는 목소리를 원래대로 줄이신다. "드셨어? 아 그래 잘했네. 밥은? 밥은? 밥!!!!은!!!! 밥은?!!!! 밥!!! 밥!!!" 그러면 나는 얼굴을 움켜쥐고 방으로 들어간다. 물론 지금도 그런 식으로 통화를 하신다. 세비야 호스트도 마찬가지다. '더 큰 소리의 스페인어'도 그냥 스페인어지만, 어떻게든 알아들었으면 좋겠다는 노력이 외할머니와 통화하는 엄마의 그것과도 같아서 나는 그저 리액션을 한다. 엄마도 아빠도, 적절히 감탄하고 적절히 고개를 끄덕이면서 나를 돕는다.

엄마와 아빠는 이미 들어오자마자 숙소에 반했다. 한국 가정집에서는 잘 하지 않을 아기자기한 벽거울들과 층고 높고 사이즈 큰 거실, 옥상과 해먹까지 갖춰진 완벽한 집이었다. 아빠는 언제나 그렇듯이 10년쯤 이 집에 살던 아저씨처럼 거실 소파에 반쯤 누워 앉았다. 엄마는 언제나처럼 집 여기저기 사진을 찍는다. 나는 한국에서 가족단톡방을 통해 내게 지령을 내리는, 자칭타칭 '아가리가이드'가 추천한 식당의 영업시간을 다시 확인하고 걸어가는 길을 검색한다. 곧바로 밥을 먹으러 가도 좋을지 묻는데, 엄마는 계속 집 사진 찍는 일에 정신이 팔려 소파로 오질 않는다.

딸   엄마, 집 맘에 드나봐?

엄마   민지야 엄마는……
      엄마는 외국 사는 외국 아줌마 집에 초대받아서
      그 집에서 차 한잔 마셔보는 게 꿈이었어.
      근데 그런 일은 엄마한테는 일어나지 않을 거라고 생각했는데,
      진짜 너무 예쁘고 꿈이 이루어진 것만 같아.

엄마한테 그런 꿈이 있었다는 것도 처음 들었고, 저런 진지한 표정
의 소감도 처음 들었다. 여행을 두고 꿈꾸는 게 그런 거라니. 우유니
사막 오로라 보기, 아님 몰디브나 산토리니 해변에서 눈 뜨기, 하다못
해 퍼스트클래스 타보기 정돈 돼야지 싶었는데, 엄마 아빠에게 있어
더 큰 모험과 일탈은 시내 한복판에 있는 현지인 집에 가보는 일이었
던 것이다. 딸이 "엄마, 자유여행 가면 뭘 해보고 싶어?" 했을 때도 선
뜻 이야기하지 못했던, 그 정도로 현실성 없는 꿈. 이미 마드리드 숙
소에서 루벤에게 집 소개를 받은 적이 있지만 건장한 남자가 빠르게
영어로 알려주었기 때문에 호텔 스태프의 설명 같았는데, 세비야 호
스트는 달랐다. 엄마와 비슷한 나이의 주부고, 스페인어로 소개를 해
야 했기 때문에 천천히 나와 엄마 모두의 눈을 마주치며 설명을 했다.
주방 사용법과 비치된 커피캡슐 쓰는 법까지 천천히 알려주던 그 순
간이 엄마에겐 현지 아주머니 집에 초대받은 경험으로 다가왔던 모양
이다. 엄마는 아마 그 외국 아줌마에게 주방 설명을 들을 때에야 그런

꿈이 있었던 것을 기억해냈을 것이다. 내가 엄마와 외할머니의 통화를 떠올리며 '더 큰 소리의 스페인어'에 집중하던 순간에, 엄마는 참 순식간에 행복해졌겠다는 생각이 들었다.

내 오랜 장래희망은 영국 펍에서 맥주 따르는 알바를 하는 것이다. 엄마는 어디 그런 황당한 꿈을 꾸느냐고 했지만, 결국 사소한 순간에 대한 로망과 집착은 엄마에게서 '일부' 물려받은 것이다. 일부인 이유는 아빠 역시 "아빠는 말이야, 키르기스스탄, 몽고 이런 데 가가지고 향신료 팍팍 넣은 양꼬치를 팍~ 동네 술집에 앉아가지고 딱~ 이걸 너무 해보고 싶어"를 달고 사는 사람이기 때문이다. 사소한 것에 이렇게 목숨걸고 꿈을 품는 사람 셋이서 자유여행이라니, 지금까지 폭망하지 않고 잘 온 데는 이유가 있는 것이다. 숙소 고르느라 새벽까지 고생했지만 그래도 매달려서 열심히 한 보람이 있었다. 엄마가 숙소에서 했던 이 말은 여행 내내 있었던 다른 어떤 감사의 말보다 나를 더 움직이게 만드는 동력이 됐다.

어떤 꿈은 이루어지고 나서야 그런 꿈이 있었다는 걸 깨닫게 된다. 10년 전 마드리드 술집에서 엄마 아빠를 대동하고 앉아 지나가는 배낭여행객들을 구경할 때, '엄마 아빠랑 이러고 있을 수 있다면 참 좋을 텐데' 했던 일을 떠올렸다. 여행을 준비하는 내내 엄마 아빠 때문에 이게 무슨 고생이고 노동이야 했지만, 사실 10년 전에는 이런 기적이 일어날 거라는 생각도 못했었다는 걸 새삼 깨달았다. 그러고 나서 하루하루 지내는 동안 내가 꾸던 꿈은 점점 일상이 됐고, 스페인 골목

골목에 엄마 아빠가 배치되어 있는 것을 크로마키 합성처럼 느끼던 기분도 잦아들었다. 지금 우리가 여기 있는 것이 얼마나 특별하고 감격스러운지를 점점 잊어가는 중이었다. 그런 생각을 하다가 엄마 아빠를 보고 있으니 갑자기 슬퍼졌다. 맞다, 이거 환갑여행이었지. 외할머니가 약은 잘 드시고 지내는지 확인하기 위해 고래고래 무의미한 소리를 지르는 엄마의 마음이 갑자기 겹쳐졌다.

　우리가 스페인에 있다는 것이 허세스럽게 익숙해져가던 여행 중반, 엄마 덕분에 다시 생각이 났다. 우린 소중하고, 아쉽고, 애틋하다. 어느 숙소를 가든지 일단 거실에서 리모컨을 잡는 아빠가, 새우튀김 모양으로 다리를 꼬고 기념사진을 요청하는 엄마가 모두 간절하고 아쉬워졌다. 엄마 아빠한테 더 많이 표현해야지, 툴툴대는 거 줄이고 더 다정하게 이야기해야지 생각했다.

엄마　민지야.

딸　어?

엄마　밥 먹으러 가야지?

딸　아 그니까 아까부터 내가 얘기했잖아. 나가자고.
　　사진 찍는 데 정신 팔려서 듣지도 않고선.

　딸의 애틋함은 끝이 없고 같은 실수를 반복한다.

여기 괜찮은 것 같아.
이제 나가서 돌아다녀보자!

이까짓 게
뭐라고

이 정도는 엄마도 하겠네.

엄마는 가끔 엄마가 도전해볼 수 있을 것 같은 한식을 음식점에서
접할 때면 그런 소릴 했다. 집집마다 엄마가 하는 역할이 다를 텐데,
그 카테고리를 나누어 말하자면 확실히 우리 엄만 음식에 힘을 주는
스타일이었다. 엄마가 집에서 요리를 한다는 것이 당연한 것은 아니
지만 일단 우리 엄마는 그렇게 해왔기에, 엄마니까 요리를 했다기보
다는 엄마는 엄마인 동시에 한식 셰프라 보는 게 합당하다고 느낀다.
30년 밥상을 손 많이 가는 한식으로 매번 차려낸다는 것은 보통 일이
아니니까. (가끔 한식 백반을 '엄마밥', '집밥'으로 표현하는 것에 대해 나는
조금 불편한 감정을 느낀다. 엄마가 그렇게 요리를 하는 것도, 집에서 그렇게
먹는 것도 결코 기본이거나 당연하지 않기 때문이다. 가끔은 그런 말이 가정
에서 요리하는 여성의 일을 평가절하하는 데 기여한다고도 생각한다. 어느 집

은 엄마가 음식을 아예 하지 않기도 하고, 간편식이 본인 기준 '엄마밥', '집밥'인 가정들이 많은데 이런 사람들의 시각에서 보아도 무례한 함의가 아닐까.)

동시에 엄마는 생활비 절감도 담당하는 사람이었기 때문에, 음식점에서 엄마가 재현해볼 수 있을 듯한 음식을 만날 때는 '과연 우리가 이 음식을 이 돈 주고 여기서 사 먹을 이유가 있는가'에 대해 진지하게 고민하는 모습을 보였다. 음식을 다 먹고 사장님에게는 "잘 먹었어요~" 하면서도 나중에는 '그까짓 것 엄마도 만들 수 있다' 하는 라이벌 의식을 비추곤 했고, 가끔은 야심 차게 재현하기도 했다. 당연히 비슷하지 않을 때가 더 많긴 했다. 그 사람들도 엄마처럼 30년 자기 스타일로 요리를 했을 테니까.

세비야에서의 첫 식사는 아가리가이드의 강요에 따라 숙소 근처의 메누델디아 식당으로 정해졌다.

가족 단톡방

큰딸
아가리가이드   오늘 세비야지?

작은딸
현지가이드   응.

큰딸   'Los Caracoles' 꼭 가라. 거기 메누델디아 맛있다.

작은딸   알았어. 근데 다른 곳도 맛있는 데 많은데.

큰딸   거기를 가라고. 인증샷 꼭 찍어와. 특히 시금치 요리 꼭 시켜라.

엄마   민아 안녕~

아빠   안녕, 민아!

큰딸   응 안녕~ 엄마 아빠 꼭 'Los Caracoles'에서 먹고 와.

엄마   민지가 데려다주면 가지~

큰딸   갈 거야. 아마. 그리고 시금치 요리 꼭 시켜달라 그래.

작은딸   알았다고…….

엄마 아빠도 있는 방인데! 어차피 앞 내용 다 봤는데! 꼭 한번 더 얘기해 얄밉게!

톨레도 사건 이후 언니의 닉네임이 아가리가이드로 굳어지면서, 아빠는 이런 메시지가 뜰 때마다 부글부글 끓는 내 모습을 보면서 껄껄 웃는다. 얼마나 맛있길래 그러는지 나도 궁금해서, 못 이기는 척 식당까지 터벅터벅 걸었다.

언니가 그 식당을 다녀온 지 오래됐는데도 다행히 추천한 요리가 아직 있었고, 메누델디아에도 포함되어 있었다. 세 명분의 메누델디아 요리 총 6개를 시키고 나서, 내가 좋아하는 피미엔토스 프리토스고추볶음도 따로 시켰다. 스페인에 오기 전부터 계속 그리웠던 요리 중 하나. 메뉴가 하나하나 나올 때 우리 모두는 언니가 말했던 시금치 요리가 도대체 어디 있는지부터 찾았다. 언니가 사진으로 보여줬던 그 요리는 시금치를 쪄서 만들었는지 매생이를 쌓아놓은 비주얼이었는데, 덕분에 금방 알아볼 수 있었다.

딸   오! 이거다.

아빠 딱 특이한 게 민아 스타일로 생겼네.

엄마 삶았나? 쪘나? 이걸?

한국에서는 안 그랬는데, 스페인에 오고 나서 엄마 아빠는 뭐 하나를 먹을 때마다 리액션을 음식프로그램 패널처럼 한다. 아마 내가 눈알을 굴리며 반응을 살피기 때문이리라. 여러 가지 음식을 먹으면서 엄마 아빠는 이번에도 다 맛있다는 평을 했고 실제로도 나쁘지 않았다. 딱 하나만 빼고는.

딸 어때?

아빠 다 맛있네.

엄마 ……민아가 시킨 게 제일 맛없네.

아버지 폭소. 아빠 솔직히 왜 웃어요? 아빠도 맛없다 생각중이었으니까 터지는 거지 지금?

딸 나도 그게 제일 맛없어. 그냥 하는 소리 아니고 진짜로.

아빠 민아가 입맛이 특이하긴 하지.

딸 나 이거 말해줘도 되지. 언니가 고른 거 제일 맛없다고.

엄마 말하지 마~

딸 아니 말해줘야 될 거 아니야. 언니가 우겨서 시킨 건데.

가족단톡방

작은딸 언니 우리 요리 다 먹고 있어.

큰딸 잘했어. 그 집 맛있지?

작은딸 어. 근데 시금치가 제일 맛없어.

엄마랑 아빠도 언니가 시킨 시금치가 제일 맛없대.

큰딸 내가 말한 거 시킨 거 맞아?

작은딸 (사진 전송) 이거잖아.

큰딸 맞는데. 맛없을 리가 없는데.

작은딸 다른 게 맛있어서 그런가. 여튼 제일 별로야.

큰딸 입맛들이 이상하시네.

아가리가이드는 말하는 아가리뿐만 아니라 먹는 입도 자기가 기준
인 것이다.

아가리가이드가 추천한 시금치 요리가 제대로 망하고, 내가 시킨 요
리만이 순서를 기다리고 있었다. 저멀리 접시를 든 웨이터가 나타났다.

딸 나온다 나온다. 내 추천 메뉴 나온다!

아빠 그래, 작은딸 추천 메뉴 한번 보자.

엄마 어머나~

짜잔~

……이게 뭐야.

엄마 고추볶음 시켰다고 하지 않았어?

딸 (웨이터에게) 삐미엔또스 프리토스 맞아요?

웨이터 맞아요~

무슨 고추가 이렇게 가지만하냐구. 내가 꿈꾼 건 이런 그림이 아닌데.

딸 세. 세 개니까 한 사람에 한 개씩은 먹을 수 있겠어……

아가리가이드는 자기 입맛에 맞기라도 했지, 나는 내가 원했던 음식
주문에도 실패했다. 아, 여기서 이런 그림이 나와서는 안 됐는데. 톨
레도 꼬마기차 사건 때처럼 '거 봐, 내가 보여준 풍경이 더 멋지잖아!'
하려고 자세를 잡고 있었는데 대참패. 통통한 꽈리고추를 튀기듯 볶
은, 딱 우리집 식구들 취향인 피미엔토스 프리토스가 나왔어야 했는
데, 그 식감을 전혀 느낄 수 없는 대형 고추볶음이 나오는 바람에 제
대로 망했다. 아니 웨이터 선생님, 제가 보여드린 사진이랑 같은 요리
라고 추천해주셨잖아요. 스페인 농산물 사이즈 너무 버라이어티한 거
아니냐고요…….

딸 내가 시키려고 한 건 이건데……. (휴대폰 화면을 보여주며) 이 통통한 꽈리고
추 느낌이었는데.

엄마 아이고~ 이까짓 거 엄마도 할 수 있다.

딸 에이 또 무슨 소리여~

그리고 다음날 아침, 눈을 비비고 일어났더니 정말로 눈앞에 내가 꿈꾸던 그 피미엔토스 프리토스가 딱 나와 있었다. 그림 보고 재현한 완벽한 굽기! 에어비앤비 호스트 집에 있던 스페인 소금 팍팍 뿌린 완벽한 자태!

딸　엄마 이거 어떻게 만들었어?

엄마　뭘 어떻게 만들어. 이까짓 거 뭐라고.

엄마의 뿌듯함과 30년 가정식 요리사의 짬이 느껴지는 '이까짓 거' 소리가 되게 멋있게 들려왔다. 딸이 스페인 음식점에서 꿈에 그리던 음식을 못 먹어서 좌절한 채 슈퍼에 갔을 때, 엄마는 다른 식재료와 함께 사진에서 봤던 고추를 한 봉지 담았던 것이다. 물론 딸은 맥주에 눈이 멀어서 카트에 뭐가 들어가는지 찬찬히 보지도 않았다. 그렇게 스페인 환타와 물, 맥주, 계란, 과일과 함께 스무스하게 우리집에 입성한 고추는 엄마의 손을 거쳐서 딸의 판타지 그대로의 모습으로 프라이팬 위에서 아침 인사를 했다.

아빠　이야, 이거 진짜 맛있다.

딸　먹어본 적도 없는데 어떻게 이렇게 했어? 간도 딱 이 정도였어!

엄마　니가 그냥 양념 특별히 없이 짭짤하고 바삭하게 볶은 거라며.
　　　 사진 보면 만들지, 이까짓 게 뭐라고.

'이까짓 게 뭐라고.'

너무 힙하다, 너무 멋있어…….

그나저나 지금 아빠가 맛있다고 하는 게, 어제 식당에서랑 깊이가 다른데. 엄마가 새로운 음식을 차려서 내놓으면 뭔가 감탄 리액션 하나는 해야 평온한 식사를 이어갈 수 있는 것이 우리 가족의 룰인 것은 맞다. 안 그러면 '대충 해봤는데 맛이 별로지?' '너무 짜요? 간을 안 하고 했더니 좀 그런가봐'를 연달하며 '지금 너희의 침묵은 내 음식에 대한 시위 같은 거냐'를 돌려돌려 물으실 것이다. 그래서 뭐든 한입 먹자마자 바로 맛평가(극찬)을 하는 것이 우리집의 룰이다. 근데 방금 아빠 리액션은 그렇게 훈련된 사람치고도 너무 영혼이 충만한데.

딸　　엄마 나 이거 한국 가도 해줘. 이거 완전 맥주 안주다.

엄마　알았어. 근데 이렇게 통통한 게 있어야 이 맛이 나는데.

딸　　엄만 할 수 있을 것 같아.

엄마　하지.

여행까지 와서 왜 요리는 하고 궁상을 떠냐고, 현지 식당에서 잘 먹으면 될 일이라고 주장하던 내 주둥이를 쳐야 한다. 그렇게도 그리워하다가 못 먹은 스페인 요리가 엄마 손에서 나올 줄 누가 알았겠어. 엄마는 여행하는 내내 '엄마가 하는 일이 없어' 하곤 했지만, 엄마가 내 타박을 무릅쓰고 고집스럽게 했던 일들이 이 여행을 유지시켜줬다는 걸 나는 배 속 두둑이 안다. 엄마는 엄마의 모든 요리가 그랬듯 그게 얼마나 대단한지 본인 혼자만 모르는 채로, 헛헛하게 끝날 뻔했던 세비야의 맛집투어를 구해냈다. "이까짓 게 뭐라고" 그렇게 쿨하게!

플라멩코,
각자의 덕질

엄마	아이 사지 마.
딸	아니 그냥 보는 거야.
엄마	사봤자 다 먹지도 못해.
딸	아 그냥 보는 거라구.

약 8세 때 슈퍼 과자 코너에서 했던 것 같은 대화를, 와인 코너 앞에서 나누는 모녀.

엄마	가, 빨리. 살 거 다 샀어.
딸	아 그냥…….
엄마	얼른 얼른. 가자 가자~
딸	(입 댓 발 나옴.) ……그럼 맥주는 사도 돼? 대신 큰 거. 근데 진짜로 다 먹을 수 있어.

엄마 　그래, 그래. 사, 사.

딸 　나이스.

세비야에서 플라멩코를 보러 가야 하는 날, 공연이 저녁식사 할 즈음이라서 요깃거리를 사러 들렀다. 저녁에는 반드시 타파스 투어_{작은 안주에 술 한잔을 먹고 다음 바로 옮기는 바 호핑}를 하고 싶었는데, 그러자면 엄마를 한식으로 달래놔야 하기 때문이다. 공연 전 라면, 공연 후 타파스로 합의를 봤다. 맥덕인 딸은 세비야와 그라나다에 있는 동안 동네 맥주 '크루스캄포'를 최대한 많이 먹고 싶다. 그렇게 라면과 맥주 상을 차려먹고 플라멩코 공연을 보러 나섰다.

플라멩코 뮤지엄은 처음부터 가려고 계획했던 곳인데, 에어비앤비 호스트도 추천해주어서 마음이 놓였다.

혼자서 세비야를 여행하던 시절 호스텔 10인실에 묵었고, 거기서 소개해준 술집에 다닥다닥 끼어 앉아 공연을 봤었다. 땀을 뻘뻘 흘리며 무용수가 춤을 추다가 절도 있게 고개를 홱 돌렸는데, 땀방울이 눈에 띄게 날아가서 옆 테이블 손님의 얼굴에 착 하고 붙었다. 땀 맞고 혼비백산하던 손님의 리액션을 멀찌감치 보면서 몰래 낄낄댄 기억이 춤 자체를 본 것보다 선명한 걸 보면 나도 취했었거나 공연에 집중을 못한 게 분명하다.

그렇게 봐도 재미는 있겠지만, 인생 한 번일지도 모르는 플라멩코 공연이라면 있어 뵈는 공연장에서 보게 해드리고 싶어 표를 사두었다. 배낭여행으로 최저가 플라멩코 공연을 맛보기처럼 봤던 내가 부모님을 대동하고 공연장에 오다니. 금의환향, 최소 신분상승은 한 기분이 들었다. 민지야, 너 인생 헛살지 않았구나. 이제 쪼그려 앉지 않아도 니 좌석이 있고, 엄마 아빠도 떡하니 잘 앉혀놓았으니 오늘은 눈치보지 말고 타파스 투어를 해도 좋을 것 같아.

 여담이지만 나는 정확히 한 달 후, 여행이 아닌 프로그램 촬영차 같은 공연장에 오게 된다. 신분상승의 기쁨을 만끽했던 나는 딱 한 달 만에 대규모 촬영팀의 일개미 같은 일원이 되어(직무가 일개미란 게 아니라 드론으로 찍었으면 진짜 일개미 No.15 정도로 보였을 존재감의 인간이 되어) 공연장 앞에 쪼그리고 앉아 일회용 플라스틱 도시락에 든 먹물 파에야를 포크 하나로 마시듯이 밀어넣는 신세가 된다. 내가 사랑하는 스페인 전체가 거대한 스튜디오가 되어 회색 얼굴로 매일 나를 쪼아댔다. 여행에서 일행과 상황이 중요하다는 건 알지만 이렇게까지 극단적으로 배울 필요는 없다고 매일 생각하며 서러워했다. 지금 못 먹으면 언제 또 먹을 수 있을지 모르기에 촬영팀 사이에 끼어 앉아 먹물파에야를 씹어 넘기곤 이가 까매질까봐 다문 입속에서 혀로 앞니를 훑으며 대문을 노려보았다. 이 빡센 스케줄은 우리 촬영팀 때문이지만 어쨌거나 그 대문이 괜히 미웠다. '니네 우리 엄마한테 다 일러. 내가 누군지 알아? 여기 공연장 3열 센터에 중년 부부 대동하고 문화생활 하러 왔던 유료 관객이었어, 내가.' 그러다가 그 문이 갑자기 열리고 박물관 관계자가 나오면 세상 최고로 가식적이고 비굴하게 웃었다. "협조 너무 고마워요. 덕분에 촬영이 정말 잘 진행되고 있어요. 도시락 쓰레기 싹 정리 잘하고 얼른 물러갈게요"를 온 얼굴에 담아 빔을

쐈다. 원래는 저 아저씨가 한 달 전에 그런 표정으로 날 봤었는데, 이번에는 그 아저씨가 건조한 웃음으로 목례를 했다. 아, 그거 내 거였는데.

다시 여행으로 돌아와서, 공연이 시작되었다. 엄마는 아주 어릴 때 무용을 하다가 사정상 그만뒀고, 아빠는 〈알함브라 궁전의 추억〉을 비롯한 스페인풍 기타 덕후다. 사람들이 플라멩코 하면 춤만 떠올리지만 특유의 노래와 기타연주도 플라멩코를 구성하는 엄청나게 중요한 요소다. 엄마 아빠 모두가 다른 의미로 좋아하실 거라 예상했는데, 실제로도 금방 몰입하는 것 같아 나도 마음을 놓고 관객모드로 들어갈 수 있었다. 공연을 즐기는 동안은 다음에 어딜 갈지를 고민하거나 스마트폰을 보지 않아도 되었기 때문에, 오랜만에 엄마 아빠와 같은 여행자의 눈을 할 수 있어 좋았다.

우리 정서로 말하자면 한恨 같은 것이 짙게 밴 예술, 플라멩코. 아름답고, 화려하지만 동시에 거칠다. 오디오 확성 효과도 거의 없는 공연장을 메우는 갈라진 보컬, 현란하지만 동시에 투박한 기타, 그리고 온몸으로 애잔한 슬픔을 표현하는 무용수들.

춤 관련된 작업을 잠시나마 했던 나에게는 운좋게도 여러 가지 공연을 접할 기회가 많았다. (물론 그렇다고 해서 내가 춤 전문가라는 뜻은 아니다. 다만 항상 고민하면서 무용 공연을 지켜봐야 했던 관객이었고, 지식이 많은 건 아니지만 생각해야 할 의무감이 많았던 건 맞다. 전문가라기보다는 관객의 입장에서.) 플라멩코 춤은 정말 인상적이고 독특한 것이, 감탄

을 자아내는 대부분의 요소가 우리가 보편적으로 생각하는 극장예술의 미적 기준과 다른 점이 많기 때문이다.

일단 댄서들이 웃는 모습을 보기 어렵다. 허스키하게 극장 여기저기를 찌르고 가로지르는 목소리와 기타 선율 속도대로 때로는 일그러지고 때로는 강렬해지는 표정. '나 예쁘지?' '나 멋지지?' 하는 느낌의 몇몇 장르와 대조적이다. 고개를 쳐들었을 때 빛에 반사되는 진한 눈썹의 거친 결, 찡그린 미간, 얼굴을 타고 흐르다가 남자 댄서의 거친 피부 어딘가에 머물러서 맺혀 있는 땀 같은 모든 것들이 춤을 추는 느낌이었다. 뒤에서 노래하는 가수 역시 마찬가지다. 거칠게 갈라지는 중년 가수의 목소리, 부른다기보다는 토해내는 것 같은 구성진 창법…… 그 어느 하나, 아무리 타고난 재능이 있더라도 '어린 천재'는 흉내낼 수 없는, 세월이 쌓아 내놓은 진주 같은 것들이었다.

처음에는 가사를 알면 더 좋았겠다고 느꼈겠지만, 나중에는 그 생각이 지워졌다. 오히려 노래의 뜻을 모르니 손끝 하나하나, 토해내는 숨 자체에 집중해서 내가 받아들인 그대로 공연을 온몸으로 즐길 수 있었다. 대사를 모른 채 이야기의 흐름을 추측하고 싶어서 '무슨 일이 일어나는 거지?' 하고 공연장 전체를 관찰하던 순간들이 이 공연을 특별하게 만들어주는 것 같았다.

사진 촬영이 허가되는 것은 앙코르 때라고 했지만, 그 말을 듣지 않았더라도 사진은 찍지 않았을 것이다. 카메라를 드는 행위 자체가 너무 무례한 것처럼 느껴졌다. 눈앞에서 영혼을 쥐어짜서 무대 분진까지 춤에 녹여내는 사람을 보고 있는데, 그걸 맨눈으로 보지 않고 프레임에 넣는다는 것 자체가 무례처럼 느껴졌다. 기억에 남은 장면들을 그때그때 담아내지 못했기 때문에 어떤 손짓에서 어떤 감정을 느꼈는지 복기하기 어렵지만, 가사를 몰라 머리를 거치지 않고 가슴에 곧바로 와닿은 감동을 사진으로 찍은들 담겼을 리 없다. 처음부터 한껏 일그러진 표정의 무용수를 따라 함께 숨을 죽이고 빠져들면, 나도 모르는 사이 점점 스텝이 빨라지면서 현란한 탭 소리가 공연장을 채운다. 온몸을 통해 발산하던 에너지가 발꿈치에 집중되면서 그제서야 무용수의 표정이나 손끝이 여유로워지면, 나도 그제서야 꿈에서 깬 듯이 테크닉에 감탄할 기회를 얻는다. 올레!

퍼포머의 테크닉 면에서나 지켜보는 관객의 감상 면에서나, 하루 아침에 쌓이지도, 사라지지도 않을 멋진 공연. 마음과 세월이 만드는 예술, 플라멩코! 절절하고 황홀했던 꿈을 깨고 나니 그제서야 엄마 아빠의 생각이 궁금해졌다.

딸   아빠, 어땠어?

아빠   좋았지. (저 기타를 눈앞에서 듣는 날이 오다니.)

딸   엄마는?

엄마   진짜 좋더라. (무용수 몸짓이 예술임.)

딸   나도 좋더라고. (나중에 나도 저런 공연 올리고 싶다.)

포인트는 각자 달랐지만 어쨌거나 대만족. 어차피 덕질이 다 그렇다. 어떤 식으로든 한 그룹에 내 최애가 한 명씩만 있으면 우리는 함께 모여 공방을 뛸 수 있는 것이다.

플라멩코 공연에 성공했으니, 이제 조명이 켜진 세비야 성당 주변을 산책하면서 타파스를 먹으러 가면 되었다. 그러면 오늘 가이드는 발 뻗고 잘 수 있다! 평소보다 더 오버해서 예쁘다 예쁘다 리액션을 하면서 성당을 향해 걸었다.

엄마 우리 어디까지 가?

딸 저기 세비야 성당. 딱 돌면 되게 이뻐. 그리고 와인 마시러 다녀야지.

엄마 엄마는 배 안 고픈데.

딸 응? 근데 타파스 투어 하러 가려고 라면이랑 간단히 먹고 공연 본 거잖아.

아빠 음…… 엄마 피곤하면 오늘은 들어가서 쉴까?

그러고 보니 엄마가 사진 찍을 때마다 하는 시그니처 포즈, 새우튀김 다리를 하지 않았다. 탭댄스는 플라멩코 무용수가 쳤는데 엄마 다리 힘이 풀려 있다.

엄마 당신이랑 민지랑 가요.

아빠 뭘 또 그래. 오늘은 그냥 들어가자.

엄마는 아빠를 배려해서 엄마 때문에 구경을 못할까봐 이야기했고, 아빠는 엄마가 피곤한데 혼자 돌아다닐 수 없으니 엄마를 배려해서 이야기했다. 보통 엄마와 아빠 사이의 룰을 생각한다면 한쪽이 너무 피곤하거나 아프면 배려해서 집에 들어가서 쉰다. 하지만 여기는 우리집 안방이 아니고, 부부만 있는 게 아니라 딸이 있지. 딸의 의무는 뭐다? 가이드.

> 딸 예정된 타파스 투어는 못하더라도, 아빠랑 나랑 성당까지만이라도 더 보자.
> 아빠 아냐. 엄마가 혼자 숙소에 어떻게 가?
> 딸 숙소까지 다 같이 걸어서 데려다주면 되잖아. 저녁에 돌아다니면서 작은 안주랑 술 한 잔씩 하려고 라면만 끓여먹고 나온 건데 이렇게 마무리하는 건 좀 그래. 우르르 돌아가서 말똥말똥 눈뜨고 숙소에 있어봤자 엄마도 마음 불편해.
> 엄마 그래, 민지하고 당신하고는 좀더 보다가 와.
> 딸 좋아. 일단 엄마는 내일을 위해서 들어가서 쉬자. 숙소로 가자, 일단!

한국에 있었으면 '편할 대로 하쇼' 했겠지만, 여행지에서는 숨만 쉬어도 돈이다. 도시를 여러 번 옮기는 여행에서 오늘 놓친 밤거리는 언제 다시 돌아올지 모른다. 나머지 일행이라도 각자 나름의 방식으로 즐기고 있어야 나중에 엄마가 더 피곤한 때가 와도 오늘처럼 편하게 이야기할 수 있고, 미안한 마음에 불필요한 무리를 하지 않게 될 거라고 생각했다. 처음이어서 어색했지만, 그래도 나름 성공했다. 한국에서 하던 습관대로 움직이지 않고, 각자가 할 수 있는 일과 하고 싶은 걸 정확하게 이야기하기. 출발 직전에 우리 모두가 구두로, 문서로 약속했던 것.
그렇게 엄마를 숙소에 데려다주고 나오면서 끝없이 찜찜해했던, 그러면서도 함께 밤시간을 좀더 밖에서 보내기로 동의한 아빠가 드디어 모퉁이를 돌아 세비야 성당과 트램길을 발견했다.

아빠   어허~

엄마에게 '어머나'가 있다면 아빠에겐 '어허~'하는 웃음이 있다. '이 것 좀 보게~' 하는 흐뭇한 웃음. 아빠는 마치 엽총으로 새떼를 사냥하는 아저씨 같은 포즈로 커다란 카메라를 들고 연신 셔터를 눌렀다. 아빠의 뒷모습을 보면서 영화에 나온 북한 장교 대사를 떠올렸다. '내래 다 찍어버리갓서.' 전투적인 사진 촬영. 그거면 되었다. 엄마는 쉬고 있고, 아빠는 신나는 세비야 밤 출사에 성공했다. 그러면 이쯤에서 나도 내 몫을 챙겨야지.

딸   손님, 맥주 한잔하셔야죠.

아빠   좋지~

직장 상사 의전하는 척하면서 지가 먹고 싶었던 맛집으로 소몰이하던 회식 담당 시절을 떠올리며, 술 앞에 거절이 없는 아빠를 바로 인도했다.

딸   딱 한 잔만 하고 들어가자.

나에게 하는 다짐. 민지야 정신 차려, 엄마 숙소에서 잔다.

아빠   한 잔?

딸   ……두 잔.

계획은 현실적으로.

아빠   좋지. 그래, 딱 두 잔만.

딸   인당 두 잔이야. 지금 이거말고 한번 더 기회 있어.

아빠   그야 당연하지.

큰 카메라 옆에 맥주, 배경은 세비야. 세상 다 가진 것 같은 아빠의 사진을 몇 장 찍었다. 맥주 마실 때 표정이 제일 평온해 보였는지 아빠도 내 사진을 여러 장 찍었다. 마음의 안정을 찾은 우리는 내일을 위해 자리에서 일어났다. 각 세 잔 마셨다. 이 정도면 선방이다.

최대 불효,
화장실 대첩

처음으로 엄마 아빠를 안내하는 어설픈 가이드는 삼시세끼만 신경 쓰지만, 우리의 보이지 않는 가상의 적, 영원한 비교대상인 패키지투 어 가이드는 삼시세끼가 '들어가는' 것뿐만 아니라 '나오는' 것도 신경쓴다. 모든 동선에서의 화장실 위치를 알고 계시고, 고객이 아무 생각이 없어도 한 번씩 상기시켜준다.

"화장실 가실 분들은 좌측에 있으니 지금 다녀오세요."

만약 '내 방광은 아직 평온해' 하고 콧대 높게 풍경을 감상하는 고객이 있으면, 그 틈을 놓치지 않고 "앞으로 2시간 동안 화장실이 없으니까요, 다녀오실 생각이 없으셔도 지금 다녀오시는 게 좋아요" 해서 모두를 후다닥 움직이게 만든다. 특히 중년 커플들을 많이 지켜본 그분들의 프로페셔널함은 감히 나 같은 비非가이드가 흉내낼 수 있는 것이 아니다.

자유여행의 치명적인 결함이 세비야에서 발견되었다. '자유'라서 우리가 몇시에 어딜 갈지, 몇 시간 머물지가 예정되어 있지 않다는 점. 굵직한 플랜은 있었지만 30분 뒤에 어디 있을지, 1시간 뒤에 어디 있을지까지는 세세하게 정해져 있지 않았다. 쉬엄쉬엄 돌아보다 세비야 성당을 가는 것만이 오늘의 큰 계획이었다. 느릿느릿 걸으며 거리를 구경하던 중 엄마가 말했다.

엄마   민지야, 화장실이 가고 싶네.
아빠   그럼 커피 한잔하고 갈까?
딸   그래? 그러면 카페를 가자.

엄마는 여느 중년 여성과 마찬가지로, 나이가 들수록 화장실에 가는 횟수가 잦은 편이다. 휴게소에 가서도 커피 하나를 다 마시지 않으려고 할 정도로 화장실 가는 문제에 대해서 스트레스를 받는 편이다. 그걸 알고 있었기 때문에 우리는 엄마의 말이 나오자마자 카페를 찾기 시작했다.

이렇게 카페가 없었나? 하필 그 많던 카페가 이럴 땐 보이질 않는다. 성당 방향으로 계속 카페를 찾으며 걷다가, 결국 성당까지 왔다. 성당 코앞에 아이스크림 겸 카페가 있어서, 테라스 테이블에 자리를 잡았다.

딸   아빠 뭐 시킬 거야?

아빠　에스프레소.

딸　　알았어.

엄마　민지야 빨리~

딸　　오케 오케. 됐어.

주문을 하러 가게 안으로 들어간다.

엄마　민지야, 들어가서 화장실 어딘지 먼저 물어봐줘.

딸　　알았어.

관광지 코앞 카페답게 주문하려는 사람들이 많았다. 아직 메뉴를 고르지 못한 사람들은 한 발짝씩 뒤에 서 있었고, 어떤 여성분이 계산대 앞에서 주문을 하고 있었다.

딸　　주문하면서 물어볼게.

엄마　엄마 급해, 빨리 물어봐.

딸　　알았어.

앞에 주문을 하려는 여자분이 있었지만, 머리를 빼꼼 내밀고 열심히 움직여 점원의 눈길을 붙잡았다. 멀리서 눈이 마주치자마자 얼른 물었다.

딸　　여기 화장실 어디예요?

점원   오른쪽으로 가시면 있어요.

딸   엄마 오른쪽에 있대.

엄마는 화장실로 떠났고, 나는 앞 손님 뒤에서 차례를 기다렸다. 그런데 엄마가 다시 돌아왔다.

엄마   민지야, 문에 비밀번호가 있어.

딸   그래? 주문한 손님만 들어갈 수 있나보다.

엄마   물어봐, 빨리.

나는 눈을 질끈 감고, 다시 까치발을 들고 점원과 필사적인 아이 콘택트를 했다.

딸   죄송한데, 비밀번호가 뭐예요?

점원   주문하면 영수증에 나와요. (앞 손님에게) 다시 말해주시겠어요?

점원은 내 앞에 손님도 있고 주문받느라 바쁜데 뒤에 있는 내가 새치기하듯 물은 게 짜증이 났는지, 퉁명스럽게 대답했다. 앞에서 주문을 하던 손님도 이 상황이 거슬렸는지 살짝 뒤를 돌아 나를 바라봤다. 아마도 세비야에서 가장 관광객이 많을 골목, 성당 입구 아이스크림 집. 안 그래도 음료 주문 안 하면 화장실 이용을 안 시켜주는 유럽에서, 개방화장실일 리 없다는 건 알았지만 역시나.

딸   주문을 해야 비밀번호를 알려준대.

엄마   우리 커피 시킬 거잖아, 빨리 비밀번호부터 알려달라고 해.

딸   그냥 알려줄 거면 쟤가 알려줬겠지. 굳이 영수증에 찍혀 나온대. 안 사고 화

       장실만 쓸까봐 그러나봐.

엄마   얘기해봐, 시킬 건데 엄마가 급하니까 먼저 가면 안 되냐고.

딸   쟤 정색하는 것 봐. 주문을 해야 한다잖아.

엄마   니가 할 거잖아. 빨리, 엄마 지금 화장실 가야 해!

딸   앞에 손님 있잖아.

엄마   너무 급해서 그런다고 얘기하고 번호부터 알려달라고 하면 되잖아.

딸   그냥 알려줄 거면 아까 알려줬겠지. 영수증 보라잖아.

엄마   그냥 빨리 좀 얘기해!

여행중에 엄마가 처음으로 나한테 소리를 질렀다.

엄마가 지금껏 여행해오면서, 내 돈 주고 내가 이 식당을 가는데 화장실조차 미리 이용하지 못하는 곳은 가본 적이 없었을 것이다. 화장실 좀 갔으면 좋겠네 생각하다가, 들어갈 만한 카페를 찾다가, 찾아서 화장실이 어디인지 딸을 통해 물었다. 그러고서는 화장실 문 앞에 갔는데 도어락이 걸려 있다. 전 인류가 공감하겠지만 화장실 코앞에서 문이 안 열리면, 지금까지보다 만 배는 더 급해진다. 어딜 가나 턱턱 말 잘하던 딸에게 도움을 청했지만 이놈의 지지배는 야속하게 안 된다고 하고, 말하면 들어줄 것도 같은데 미련하게 줄을 서서 기다리잔다. 알바생이야 이 집에서 일하니까 그렇다 치고 쟤도 저렇게 남의 편

처럼 저러고 있네. 야속한 기집애. 그래, 너만 여기서 말 통한다. 서럽다. 나라면 잘 설명해서 알려달라고 했을 텐데. 팔팔하고 건강한 딸이 화장실 자주 가고 싶은 중년 여자의 마음을 모르는 것도 서럽다. 도대체가 융통성이란 게 없어. 웃으면서 잘 말하면 이해해줄 테고, 주문은 어차피 하면 될 일인데 그렇게 잘난 척을 하면서 다녀놓고 그 숫자 4개 하날 못 알아오고 남처럼 저렇게 서 있어.

아마도 이게 (이제 와서 추정하는) 엄마가 소리지른 이유일 테다.

그런데, 혼자 배낭여행을 다녀본 사람들은 공감할 만한 것이 있다. 우리는 없어 보이는 걸 세상에서 제일 싫어한다. 내가 2만 원짜리 호스텔에 잘지언정 먹을 때는 제대로 먹고 싶고, 혼자 여행할 때 깎아달라고 굽신대기 싫다. 특히 동양인 관광객에게 묘하게 박한 표정이나 차별적인 제스처를 자주 보이는 유럽에서는 더더욱 진상 관광객으로 보이는 걸 세상 최고로 경계한다. 심지어 스페인, 심지어 세비야, 게다가 성당 바로 앞 카페. 스페인 특유의 정이고 나발이고 이런 데서는 통하지도 않고, 관광객이 하루에도 뻔질나게 오가는 곳에서 나중에 주문하는 척하며 들어와서 화장실 쓰고 쏙 사라진 손님이 그동안 얼마나 많았겠는가. 이 집이 오죽 그런 진상손님들한테 학을 뗐으면 그런 시스템을 만들었겠어. 비밀번호를 묻는데 그 비밀번호가 여러 개일리도 만무하건만 "영수증에 나와"라고 대답하며 그냥은 안 알려주겠다는 의지를 보여주는 알바생. 그렇게 '사 먹지도 않고 화장실만 쓰고 갈지도 모르는 관광객'으로 취급받는 기분 자체도 싫은데, 그걸 용기내어 물으려고 앞 손님 뒤에서 아이 콘택트를 시도했을 때 마주친 알바생의 짜증스러운 표정, 뒤돌아보면서 마주한 앞 손님의 시선도 싫었다. 혼자 여행했다면 아마 내 순서가 아닌데 목 빼고 묻지도 않았을 일이다. 웬만한 실속은 다 챙기면서 다니긴 하지만 식당이든 어디든 정한 룰이 있으면 가능하면 지키면서 불필요한 요청 없이 여행하고 싶다. 그런데 우리 엄마는 자꾸 알아내라고 하고, 이 모든 커뮤니케이션은 내가 해야 하는데 창피하게 굴고 싶지 않고. 그리고 가장 중요한 건 "저 정말 죄송한데, 영수증에 찍혀 나온다는 건 알지만 저희 어머니가 지금 좀 급하셔서요. 이미 자리도 잡았고 주문도 할 건데 먼저 알려주시는 건 어려울까요?" 정도의 '자초지종'은 내 스페인어 능력권 밖이었다. 뭐 주세요, 화장실 어디예요, 이거 이거 주세요, 어디 가고 싶어요 같은 거야 할 수 있지만 해명이나 설득 같은 2차 커뮤니케이션이 가능한 수준은 아니었다. 이러나 저러나 내가 할 수 있는 일은 없었다. 나 나름대로도 충분히 당혹스러운데 엄마가 갑자기 급한 마음에 소리를 질렀을 때, 서러움이 터졌다. 물론 그 서러움에는 타지에서 화장실 못 가서 서러워하는 엄마의 기분이 짐작되어 더 속상한 마음도 포함되어 있었다. 여러 가지가 범벅된 기분이 단 몇 초 사이에 올라왔는데, 그 범벅된 기분이 표면적으로는 '짜증'이 됐다.

딸 쟤 주문 다 끝나가잖아, 좀 기다려!

정적.

급하게 주문을 하고, 얼른 영수증을 받자마자 비밀번호 부분을 손으로 집어서 엄마에게 줬다. 엄마는 낚아채듯 받아서 화장실로 들어갔다. 나도 나대로 기분이 상했다. 내가 일부러 그런 것도 아니고, 그래도 관광지 코앞 카페 제일 비싼 거 알면서도 1초의 망설임 없이 들어와서 시키고 있는데. 내가 왜 여기서 구박을 받아야 돼, 왜?

다시 테라스로 나와서, 아빠가 지키고 있던 우리 자리에 앉았다.

아빠   잘 시켰어?

딸   아니 엄마 왜 이렇게 짜증을 내. 화장실 비밀번호를 커피 주문을 해야 준다는데, 나보고 자꾸 비밀번호 못 알아낸다고 뭐라고 하잖아.

딸은 화장실 간 사이에 엄마 뒷담화를 시도한다.

아빠   엄마는 원래 화장실을 자주 가잖아. 그거는 어쩔 수 없는 거지.

딸   그걸 뭐라고 하는 게 아니라, 화를 내잖아.

아빠   엄마가 많이 급했으니까 그러지~

아니! 아빠 왜 엄마 편들어! 지금! 그 얘기가 아닌데!

딸   와~ 그게 아니라! 나는 물어보려고 했는데! 화를 내더라니까?
        소리를 지르는 거야, 막!

아빠   엄마가 많이 급했나보네.

와.

맞다, 이 남자는 저 여자를 꼬셔서 결혼한 사람이지. 엄마의 가끔 보이는 예민포인트를 온몸으로 견디며 (물론 엄마도 마찬가지로 아빠의 예민포인트를 견딘다) 삼십몇 년을 살아온 남자다. 가끔 밥상머리에서 엄마가 나에게 "찌개 그렇게 먹으면 짜~ 밥 한 숟갈 더 먹어" 하면 나는 "엄마, 나 서른 살 넘었어. 밥은 내가 알아서 원하는 대로 먹을게" 하고 대답한다. 그러면 엄마는 틀린 말이 아니라고 생각하면서도 그렇게 말문을 막는 내가 얄미운지 날 째려보면서 잔소리를 그만두는데, 그 째려보던 눈이 아빠에게 가닿으면 방금 한 대화를 까먹은 사람처럼 "당신 찌개 너무 많이 먹었다. 밥 한 숟갈 더 먹어요" 한다. 그 광경을 보고 "어휴 엄마" 하고 한마디 보태려고 하면, 환갑이 넘은 이 집 가장은 묵묵히 밥 한 술을 더 뜬다. 이 둘은 그런 사람들이다. 생리현상이 급해서 버럭 소리지른 것을 논리적으로 시시비비 가릴 게 무슨 의미가 있느냐, 너희 엄마가 좀 힘들었나보지, 너희 엄마가 언제 남의 말 듣더냐 하고 넘어가는 그런 사이. 아빠는 잔뜩 약이 올라 더 핏대를 세우고, 엄마 흉을 보는 내가 우습다고 생각했는지 깔깔 웃기 시작했다. 우리 딸은 지 엄마 스타일 알면서 저게 뭐라고 저렇게 내려놓질 못해, 하면서. 나는 "아니, 그게 아니라, 아니!!" 하면서 점층적인 빡침을 경험하고 있었다.

엄마   아유 개운하네. 민지 너는~ 그거 좀 빨리 알아봐주면 될걸.

딸   엄마. 내가 얘기했잖아, 영수증에 비밀번호 나오는 거 보라잖아.

엄마   시킬 거라고 하고 그냥 좀 물어보니까.

이 대화를 또다시 해야 되는 거야?

딸 우리 같은 사람이 한둘이겠냐고. 나 그리고 스페인어 그 정도로 못해. 앞에 손님도 있는데 영어로 손짓발짓을 어떻게 해, 쟤하고. 그냥 빨리 주문받게 냅두고 우리 순서 오는 게 더 빠르지.

엄마 엄마는 몰랐지. 물어보면 알려줄 줄 알았지.

딸 얘기했잖아 쟤가 안 알려준다고. 시키면 영수증 보라 그러고. 알려주질 않는 다고.

엄마 엄마는 마음이 다급해서 그런 거 안 들렸어. 갑자기 문을 못 연다고 하니까 너무 급해져가지고.

딸 아오! 분명히 얘기했는데!

아버지 2차 폭소 시작.

엄마 (안 들음) 우리 민지 아빠랑 너무 지금 구도가 예쁘다. 엄마가 사진 찍어줄게 웃어봐.

딸 웃음이 나냐고 지금! 사진은 무슨 사진이여!

아,
힘들어……

웃어. 민지야~
남는 건 사진이야~

해맑게 카메라를 들이대는 엄마 앞에 딸은 입이 나온다. 입이 나오다 못해 화장실 비밀번호 키패드까지 가닿을 만큼 나온다. 아빠는 아무리 상황을 설명해도 엄마한테 '당신도 잘못했네' 소릴 안 해주고 이 상황을 방청객처럼 즐기고 있다. 엄마도 '니네 아빠는 엄마가 잘못했다고 말해주지 않을 거란다' 하는 기세등등한 표정으로 함께 웃는다.

엄마 우리 민지 그랬어? 엄마는 몰랐지~

안 몰랐는데요! 설명을 다 해드렸는데. 엄마는 불리하거나 원치 않는 대답은 안 듣고 기억도 안 한다. 얼마 전에도 세비야 화장실 사건을 이야기하면서 "그러게 들어가자마자 비밀번호부터 좀 알려주지 그랬니" 하셨다. 아니, 설마 그 설명을 다시 해야 하는 거야? 내가 꿈을 꿨나! 생각하면서 그대로 다시 설명을 했고, 엄마는 또 자판기처럼 "우리 민지 그랬어? 엄마는 몰랐지~"했다. 아빠는 옆에서 또 낄낄대고 웃었다.

화장실 대첩 이후 가이드 딸은 가는 모든 식당에서 "엄마, 화장실 가"를 습관적으로 말하게 되었다. 그렇게 빡치는 만큼 단단해지며, 점점 프로가이드의 면모를 갖춰가고 있었다.

나이롱가이드와
함께하는
세비야 랜드마크 관광

세비야 관광의 핵심, 세비야 성당 입성 기념으로 가이드가 어떤 인물인지를 돌아봅니다.

딸은 여행에서 배경지식이나 역사가 전혀 중요하지 않은 사람이다. 그리고 한국에서 업무상 하던 것을 최대한 안 하면서 나태하게 여행하는 걸 좋아한다. 촬영지에 대해서 조사하고, 배경과 함께 스토리를 엮어내고, 시간 단위로 동선을 생각하고 여러 가지를 어레인지하는 것이 방송작가의 숨겨진 업무인데, 그래서 그런지 항공과 숙소를 제외하고는 무계획 상태로 여행하는 것을 선호하게 되었다. 회사원 시절에도 마찬가지였다. 기획팀에서 일해서 그런지 휴가 때만큼은 촘촘히 뭔가를 기획하는 일 없이 최대한 한량처럼 지냈다. 물론 방송작가나 회사원 중에 나 같지 않은 사람이 매우 많으므로 이 모든 건 그냥 갖다붙이기식 설명이고 그냥 개인적인 취향에 불과한 건지도 모른다. '이 많은 돈을 주고 여기까지 왔으니 최대한 뽕을 뽑고 가야지' 생각하는 사람이 있는가 하면 나는 반대로 '이 많은 돈을 주고 여기까지 온 덕분에, 숙소 앞 술집에서 멍때리고 앉아 있어도 그 자체로 여행이 라는 점이 개이득이지' 생각하는 편이다.

그러다보니 마드리드를 여섯 번 가면서도 프라도 미술관을 아직 안 갔고, 프랑스에도 다섯 번은 갔는데 퐁피두센터가 어디인지 모른다. 오래전 혼자 스페인 도시를 돌 당시에 세비야는 딱 중간 정도 루트에 있는 도시였는데, 그래선지 더 기운이 빠져서 정말로 호스텔만 예약 해두었다. 체크인할 때 직원에게 여기서 꼭 해야 하는 게 뭔지 물었더 니, 직원은 "세비야 성당은 빼고 나머지 중에서 묻는 거지?"라고 대답 했다. 그제서야 세비야 성당이란 것이 존재하며 유명한 곳이란 걸 알 았을 만큼 관광 정보에 많이 취약하다. 세비야 성당에 혼자 갔을 때만 해도 "와, 크다! 예쁘다! 다 금이야!" 하고 마치 자연 풍광을 보는 듯한 1차적인 관람을 했다. 나는 그걸로도 행복했다.

그런 가이드에게 오늘 아침은, 눈 뜨자마자 걱정이 산더미였다.

세계사덕후 아버지와 호기심 많은 어머니를 모시고 세비야 성당에 들어간다니. 물론 부모님이 내게 전문적인 지식을 요구하지는 않겠지 만 너무 멍청한 티가 나면 또 그거대로 실망하실 것이다. 게다가 엄마 아빠는 엄청 독실한 가톨릭 신자고, 세비야 성당은 가톨릭에서 엄청 상징적인 거잖아…… 스페인 아는 척 작작 할걸. 돼지런 떨면서 먹고 마실 줄만 알았지, 역사 같은 건 하나도 모르는데.

하지만 작은딸은 굴하지 않는다. 어차피 평생을 잔머리로 헤쳐나갔는데, 생각을 하자 생각을. 비행기에서라도 공부할걸…… 아니, 그런 의미 없는 생각 말고. 지금 널 살릴 수 있을 만한 걸 생각해내라고. 막내작가때 팀 회의하는데 전날 과음해서 아이템 생각 하나도 안 해가놓고 '오늘은 내가 죽는 날이구나' 했는데, 돌아가며 아이디어 말하다가 내 차례 오면 방언 터진 사람처럼 아무 말 대잔치를 해서라도 살아남고, 너는 그런 애였잖아. 중요한 순간에 똥줄로 구원받는 애.

엄마	민지야 얼른 나와~
딸	엄마 나 충전기 놓고 왔어! 잠깐만……

방에 들어가서 황급히 가이드북을 손에 들었다. 비행기에서도 안 읽어보고 이제야 처음으로 펼쳐봤다. 잘하는 짓이다. 거기서 없어 보이게 가이드북 들고 뭘 어쩔 거야.

아빠	나가자~
딸	응!

후다닥 방을 나와 그렇게 빈손으로 세비야
성당에 온 가이드는 이제 무섭지 않다.
왜냐면,
세비야 성당 파트 가이드북을 미친듯
이 찍어서 스마트폰에 넣어두었거든!

우리가 모든 걸 다 잘할 필요는 없다. 필요할 때 잘하는 척만 하면 되지. 특히 엄마 아빠가 자식들에 어떤 걸 잘하길 기대한다고 했을 때, 우리가 갑자기 실제로 잘하는 인간이 될 수는 없다. 다른 매력을 보여줘서 교란시키거나, 아니면 잘하는 걸로 착각하도록 입만 잘 털면 된다.

스마트폰 중독자인 딸이 갤러리에 있는 가이드북을 커닝하는 것 따위, 언제나 그랬듯이 엄마 아빠에게는 거슬리는 풍경이 아닐 것이다. 그래서, 무無준비의 아이콘이었던 가이드는 성당 입구부터 각 파트마다 찍어둔 사진을 찾아보고는 이것을 손가락 두 개로 쭉쭉 당겨서 마치 지가 알고 있었던 양,

딸   엄마 아빠, 성당 참 크지? 이 대성당 지은 사람들이 말이야, '이게 마무리되면 대성당을 본 사람들이 자기네들을 미쳤다고 생각해야 될 정도로 건물이 거대해야 할 것이다~' 이랬대. 이슬람 사원 있던 자리에 1401년부터 지은 성당이래.

엄마   어머나~ 그래?

딸   (다음 내용 손가락 스크롤) 이따가 보면 히랄다 탑이랑 오렌지 안뜰 정원이 있는데 그거는 이슬람 사원의 양식이 그대로 남아 있는 거야. 톨레도에서 말했지? 스페인은 여러 종교가 왔다갔다했는데 가톨릭이 스페인 먹은 기념으로 돈 자랑 힘자랑 하려고 이렇게 멋지게 지은 거야.

엄마   그렇구나~

딸   내가 아까 세계 3대 성당이라고 그랬잖아, 이게 바티칸 산피에트로 대성당

이랑 런던 세인트폴 대성당 다음으로 크대. 100년 걸려서 지어가지고 1519년에 완공됐대. 짱이지?

엄마   100년이나 걸렸어~ 아주 똑순이여.

딸   응. 그럼 들어갈까?

훗. 들어가면서 휘날릴 긴 머리가 없는 게 아쉬워.

성당으로 진입. 크다, 예쁘다만 생각하며 세비야 성당을 휘젓고 다녔던 딸은 눈이 바쁘다. 가이드북에서 설명하는 조형물들이 어디 있는지 찾아서 빨리 아는 척을 해야 하는데, 성당이 너무 커서 눈으로 찾는 데만도 시간이 걸리기 때문이다.

딸   저거다! 주제단, 메인 제단 봐봐. 이게 다 사람이 손으로 만든 조각 작품인데, 성서에 근거해서 만든 내용이래. 저~기 성모마리아 품에 안긴 예수상 보여?

엄마   응!

딸   저거는 신대륙에서 가져온 금 1.5톤으로 만들…… 히익 세상에 미쳤나봐.

읽으면서 처음 접하는 내용이라 자꾸 튀어나오는 리액션.

딸   미친 규모라고, 내 말은. 당시 가톨릭 특유의 허세 돈 파티의 현장이 여기야.

엄마   아하~

지금쯤 나와줘야 하는 게 있는데, 눈에 보이질 않는다. 엄마 아빠가

TV에서 나올 때마다 저거 보러 가야겠네~ 했던 바로 그것, 콜럼버스의 묘.

딸   저기 있다! 저기, 콜럼버스!

아빠   어디 어디!

역사덕후 아버지도 꼭 눈으로 보고 싶어했었던 그것. 이것만 제대로 설명하면 세비야 성당은 선방이다. 콜럼버스 설명 찍어놨는데 잠시만. 어디 갔더라.

딸   원래 콜럼버스는 이탈리아 사람인데, 당시 스페인 영토 지배하던 이사벨 여왕이 스폰서를 해줘가지고 탐험을 간 거야. 콜럼버스가 신대륙을 발견해가지고, 그 신대륙이 남미잖아. 나중에 스페인이 거기 식민지배하고 돈잔치 벌였잖아. 그래서 남미에 스페인어 쓰는 나라가 많고……. 여튼 그렇게 생각하면 콜럼버스가 결과적으로 대단한 영웅이라고 하기는 좀 그렇지만 여튼 당시에는 엄청 잘 먹고 잘살았겠지? 근데 여왕 뒤를 이은 왕은 콜럼버스의 공을 인정해주지 않아서 콜럼버스가 고생하고 서운해했대. 그래가지고 스페인 땅에 죽어서도 발을 붙이기 싫다고 했대. 원래는 관이 남미 산토도밍고에 있었는데 쿠바 아바나로 한 번 옮겼고, 나중에 스페인으로 가져왔대. 근데 콜럼버스가 다시는 스페인 땅에 발을 붙이고 싶지 않다고 했잖아? 그 말에 따라서 땅에 발이 안 붙게 공중에 뜨도록 받치고 있는 거래. 앞에 두 사람 발이 엄청 반짝거리지요? 왼쪽 발을 만지면 부자가 되고 오른쪽 발 만지면 사랑하는 사람이랑 다시 세비야에 올 수 있다는 소문이 있어서래. 소문 내용 자체가 누가 봐도 넘나 가이드님이 지어낸 것 같은 것…… 아, 아니에요.

저 네 사람은 당시 스페인 영토에 해당하는 지역들을 각각 지배했던 왕들이야. 레온, 카스티야, 나바라, 아라곤. 이거는 그냥 설인데, 앞에 고개 든 사람 두 명은 콜럼버스를 인정해줬고 뒤에 둘은 안 그래서 저렇게 형상화했다는 이야기가 있대. 근데 원래 저렇게 들면은 앞사람보다 뒤가 더 무거워서 빡세서 그런 거 아닌가…… 아님 무거워죽겠어도 앞사람은 앞을 봐야 되니까 든 거고 뒤는 그저 따라가기 벅차니까…… 아, 아니야. 여튼 그렇대.

자꾸 튀어나오는 가이드북에 대한 나의 의견. 필요한 말만 해, 필요한 말만 하라고……. 그후로도 딸은 구경하는 내내 저 정도면 몇 돈이냐, 지금 금은방에 저게 순금으로 전시되면 얼마 받느냐 같은 대화를 이어갔다.

그러다 제단 위에 베개를 두고 누운 조각상 앞에 섰다. 누군가의 거대한 관 같아 보였다. 다행히 가이드북에 간단한 설명이 나와 있었다.

딸 맞다. 저거 베개 개수가 많을수록 높은 사람이래.

엄마 그래? 3개나 베고 있네. 저 사람은 뭐하던 사람이야?

딸 그거야 내가 모르지.

아빠 ……추기경쯤 될 거야.

역사덕후 아버지는 나의 가이드놀음을 조용히 지켜보다가 치고 들어왔다.

딸 아빠 그런 거 어떻게 알아?!

아빠 봤어. 어디서.

쏘 쿨. 커닝 없이 여유롭게 뒷짐지고 대답하는 아빠를 보다가 갑자기 나의 본분을 잊었다.

딸 사람은 어디 들어가 있어?

아빠 저 밑에 어디 있겠지.

딸 저게 실제 사이즈였을까? 지금 저 아저씨 키나 이런 게?

아빠 그거야 나도 모르지.

딸 그건 왜 몰라…….

아빠를 곤란하게 하면 안 돼. 방금 베개 3개면 뭐하던 사람이냐고 할 때 느꼈던 당혹감을 아빠도 느끼게 될 거라고. 방금 아빠 이야기를 엿듣던 한국인 관광객도 있었는데, 폼 안 나게…….

가이드는 압박질문을 그만두고, 세비야 성당의 뷰포인트 히랄다 탑으로 엄마 아빠를 안내한다. 뱅뱅 돌아가는 머나먼 오르막을 걸어올라가야 하는 히랄다 탑. 엄마 아빠는 다행히 나보다 잘 걷는 사람들이기 때문에 흔쾌히 올라가겠다고 나섰고, 나는 다시 스마트폰을 꺼내 히랄다 탑의 이야기를 전하면서 함께 걸었다. 운동 안 하다가 오르막을 걸어서인지 숨 고르기가 힘겨워진다.

딸 원래는 12세기 말에 이슬람교도가 세운 모스크 첨탑이었대. 그러고 나서 지진 때문에 망가졌다가 16세기에 기독교인들이 전망대랑 풍향계 있는 종루를 설치했대. '히랄다'는 바람개비라는 뜻이래. 그리고 지금 올라가는 바닥에 계단이 없고 그냥 경사잖아? 아랍인들이 여길 말을 타고 올라갔다는 전설이 있대. 후아…… 엄마, 안 힘들어?

엄마 안 힘든데. 힘들어?

딸 난 힘들어. 숨차.

아빠 말 그만하고 올라가, 인제.

정상으로 올라가면서 보이는 작은 창에 점점 세비야가 조각조각 비칠 때마다, 엄마의 '어머나'가 들려왔다. 어딘가 멋진 곳을 데려갈 때, 이제는 안 들리면 불안한 엄마의 시그니처 감상. 크고 작은 어머나를 열 번쯤 들었을까, 드디어 정상에 도착했다.

딸 다 왔다! 짜잔~

엄마 어머나!

지금껏 올라온 오르막이 잊힐 만큼, 보는 창마다 파노라마 엽서처럼 펼쳐지는 세비야의 풍경. 성당의 지붕을 내려다보는 기분도 장관이다. 무엇보다 히랄다 탑에서 빼놓을 수 없는 것은, 작은 계단 하나를 둔 돌출된 창가. 여기가 모두의 포토존이기 때문에, 한 팀이 자리를 비우면 다음에 쏙 들어가려는 눈치작전이 치열하다.

딸 내가 여기를 혼자 왔었잖아. 무슨 수학여행 온 것 같은 유럽 고딩들이 막 일
   진같이 순서 무시하고 올라갔었는데, 혼자 오니까 쪼다같이 저기를 점유하
   기가 너무 힘든 거야. 겨우 타이밍 잡아서 올라갔는데 턱밑에 또 둘셋씩 와
   가지고 '쟤 왜 안 비켜?' 하는 표정으로 날 째려보고 있어서 셀카 한 장 찍기
   도 눈치보이고 그랬거든.

엄마 그렇구나.

딸 그러니까 우리는 저기 올라가서 사진을 찍어야 돼! 다른 사람들처럼! 나도
   일행이 있으니까!

아빠 아이구, 우리 민지 불쌍했네.

직사광선이 꽝 하고 내리쬐는 자리, 창살까지 얼굴에 드리워서 썩
예쁘게 나오지는 않았지만 그래도 어설픈 셀카가 아니라 누가 찍어준
것이어서, 그게 엄마, 아빠여서 좋았다.

혼자 여기에 올라온 건 6년 전, 지금보다 훨씬 어릴 때였지만 엄마
아빠를 대동하고 사진을 찍으려고 서니 더 어린아이가 된 것처럼 느
껴졌다. 부모 눈에 자식은 항상 아기라고 하지만, 반대로 자식도 부모
를 대동하면 아이가 된 기분으로 돌아가기도 하는구나 싶어졌다. 다
른 관광객에게 방해가 되지 않도록 적당히 포토타임을 정리하고, 마
지막 오렌지 안뜰 정원으로 향했다.

띄엄띄엄 귤나무를 심어놓은 모양의 멋진 정원. 식물을 좋아하는 엄
마 아빠가 사진을 찍느라 바빴다. 그러는 사이 아빠 렌즈가 코앞에 온
게 느껴졌다.

아빠 뭐 보고 있어? 누구랑 얘기해?

딸 (가이드북 커닝중이었지요.) 아무것도 아니야. 아참 (생각난 척) 여기 오렌지 안
뜰은 말이야…… 이것도 이슬람 사원의 흔적이래. 저~기 보이는 문은 이름
이 '면죄의 문'이야. 면세의 문이면 좋았겠는데 아쉽다.

마지막까지 지식적 분량 부족을 아무 말로 메우려는 가이드의 노력.
딸은 자기만의 가이드 일정을 거기서 마치고, 여기가 세비야 성당 관
광의 마지막이니 마음껏 사진을 찍으라고 고객님들에게 자유시간을
드렸다. 신이 나서 서로의 사진을 남기는 엄마 아빠가 귀엽게 느껴져
서, 중간부터는 나도 그 모습을 담느라 나만의 포토타임에 바빴다.

예전에 세비야 성당에 혼자 왔을 때는, 성당 구석구석에서 이 성당
에 담긴 이야기를 하면서 생각에 잠긴 사람들이 조금 비효율적이라
는 생각을 했다. 뭐 저렇게 여행 와서 공부하듯이 저런 대화를 나누고
있을까 하면서. 그런데 생각해보면 그런 이야기를 끊임없이 전달해야
했기 때문에 이 거대한 성당에서 엄마 아빠와 꽉 찬 대화로 모든 시간
을 보낼 수 있었다. 엄마의 시선을 따라가고, 아빠의 표정을 살피면서,
어떻게 하면 더 즐겁게 볼 수 있을지 처음으로 고민했다. 성모상이 순
금 몇 톤으로 만든 것이든, 콜럼버스의 묘를 든 왕들이 왜 고개를 숙
이고 있는지는 정확히 알 수 없더라도 덕분에 우리가 몇 시간 동안을
같은 속도로 같은 방향을 보면서 서로에게 관심을 갖고 끝없는 대화
를 주고받은 것은 분명히 의미 있었다. 각자의 동선을 모으고 느낌을
공유하도록 끊임없이 케어하는 여행가이드는 멋진 직업이라는 생각

이 들었다. 전달하는 것은 지식이지만, 그 전달의 결과가 만들어내는 건 함께하는 순간이니까. 남의 나라 역사를 들으면서 함께 고개를 끄덕인 순간도 여기 있는 우리 각자에게는 자기만의 소중한 역사로 남겠지. 아빠는 어쭙잖은 지식 가지고 뭘 가르쳐주겠다고 커닝하던 나를 기억할 것이고(절대 눈치 못 챘을 리가 없다) 엄마는 어머나~ 하던 모든 순간에 고개를 돌리면 남편과 딸이 있었음을, 그 기쁨과 안도감을 기억할 것이고, 나는 엄마 아빠 덕분에 평소에는 관심 없던 관광지 스터디를 급히 해가면서 쉴새없이 눈알을 굴리던 이 시간들이 세비야의 일부로 남을 것이다.

설명하기 벅찰 정도로 크고 멋있었던 세비야 성당, 이래저래 고마웠어요. 잘 보고 갑니다!

오구오구
잘했어

아빠   표 안 끊어?

딸   뭐 좀 확인하고.

더이상 확인할 것은 없었다. 다음날 세비야에서 론다로 가는 표를
예매하기 위해 들른 세비야 버스터미널. 작은 동네 터미널 사이즈였
지만 입구부터 커보였다. 터미널 매표소는 한산했다. 그렇지만 딸은
계속해서 더 한산한 순간을 기다렸다. 정확히 말하면 내 뒤에 아무도
없어서, 더듬더듬 쪼다같이 모기만한 목소리로 말하더라도 매표원이
알아들을 수 있을 정도로 한산하길 바랐다. 또 내가 의사소통에 실패
하더라도 매표원이 인내심을 갖고 다시 한번 천천히 들어줬으면 했
기 때문이다. 이미 인터넷으로 시간은 봐두었고 그게 유리 앞에 붙은
시간표와 일치하는지도 확인했다. 그걸 매표원 눈 안 마주치고 자연
스럽게 확인하느라 얼마나 긴장했다고. '론다', '세비야', '편도', '사람

3명' 등 아는 스페인어 풀 가동. 대학교 때 교양수업 듣던 거 밑바닥
부터 끄집어내서 풀 가동.

오, 저 아저씨가 떠나면 터미널 전체에 나뿐이다. 지금이야!

> 엄마 민지야~
>
> 딸 잠깐만 나 표 좀 사고!

말 걸지 마요, 바로 말 안 하면 머리에서 휘발되니까요.

> 딸 오…… 올라. (안녕하세요.)
>
> 매표원 Hola.

매표소 언니 목소리가 저음이고 무섭다. 나이는 알 수 없지만 위압
감은 언니다.

> 딸 Yo. (저는.)

심호흡. 이런 때일수록 날려 말하면 다시 말해야 하는 수가 있어.
어절 단위로 고개를 끄덕이면서 유치원생처럼 말해본다.

> 딸 Quiero comprar tres billetes. (티켓 세 장을 사고 싶습니다.)
>
> Para Ronda. (론다로 가는.)
>
> mañana. (내일.)

진지한 표정의 내가 한 단어 한 단어 꾹꾹 누르며 유치원생같이 말하니, 위압감 오지던 매표소 언니의 얼굴에 미소가 떠오른다.

매표원 Si~ (그래서?)

매표원님이 다른 말을 꺼내서 날 패닉에 빠뜨리기 전에, 나는 대본대로 내 할말만 빨리한다.

딸   Directo. (직행.)

매표원님 웃으시기 시작.

매표원 Vale. (그래요.)
딸   Solo ida. (편도.)

마무리!

우리 딸
잘하네~

딸   Por favor. (부탁해요.)

매표원님이 나를 따라 하는 듯 크게 고개를 끄덕이시며,

매표원 Muy bien.

무이 비엔!

나 이 말 알아! 스페인어 교양수업 시간에 들었어!

잘했다는 뜻이야, 참 잘했다는 뜻!

> 딸 그라시아스!

뭐가 고마운지는 모르겠지만 일단 고마워요.

빵 터진 매표원에게 주섬주섬 꼬깃꼬깃한 돈을 펴서 꺼낸다. 뭐 이렇게 하는 것마다 유치원생 같은 거야, 엄마 심부름값 목걸이 지갑에 넣어와서 두부 사는 유치원생 같잖아.

> 딸 샀어.
>
> 엄마 어머 웬일이야 정말~ 스페인어를 어떻게 그렇게 잘해?
>
> 아빠 크으~
>
> 딸 뭐, 표 한 장 산 걸 가지고.

어휴 긴장했네, 쓸쓸후후.

아빠가 찍은 그 순간의 사진에는 덜덜 떨며 돈을 꺼내는 나와 함께 광대 폭발하는 엄마의 미소가 담겼다. 마치 "봤어? 우리 딸 스페인어 유창한 거?" 하시는 듯한 표정. 실제로는 "티켓 세 장 사고 싶다. 론다로. 내일. 직행. 편도. 부탁해요"였지만, 이 티켓팅 역시 엄마의 귀국 후에는 '우리 딸이 스페인어로 프리토킹이 가능하더라'로 와전되어

외갓집에 구전되고 있다.

  딸이 뭔가를 잘해냈다는 이야기를 딸 본인에게 전해듣고 나서 노고를 치하한 적은 있어도, 어떤 행동을 했을 때 눈앞에서 반색하며 칭찬을 해주었던 순간은 아주 어릴 때 이후로는 많이 없었던 것 같다. 엄마 아빠가 칭찬에 박한 사람은 아니지만, 아기 때 "아구 잘하네~" "어쩜 이렇게 했어~" 하던 리액션 큰 칭찬의 말들은 커갈수록 "역시 민지네" "고생했네" "잘하리라 믿어" 같은 안도의 표현들로 바뀌어간다. 하지만 엄마 아빠와 함께 자유여행을 하는 동안에는 조카 준이가 듣는 말들을 내가 듣는 일이 많았다.

  정말 다 했어? 대단하네!
  이런 걸 다 어떻게 알았대?
  (안아주며) 아이고 잘했네.

  긴장해서 더듬거리며 어설프게 내뱉은 말로도 물개박수를 동반한 칭찬을 들을 수 있는 것이 부모님과의 자유여행이다. 두부 한 모 사와도 온 식구가 끌어안고 기특해해주었던 그날들처럼. 문제없이 알아서 잘 살고 있는 척하느라 매번 허덕이던 날들을 탈출해 맞은, 내 걸음마 배우던 시절과 닮은 아기자기한 나날.

론다,
끝까지 배신하지
말아줘

엄마   쟤 왜 안 타.

아빠   (타라고 손짓)

딸   (기다리라고 손바닥 펴서 손짓)

누가 그랬단 말이다. 세비야 버스터미널에서 캐리어를 싣고 문 닫기 직전에 소매치기들이 우르르 와서 캐리어를 통으로 들고 토꼈다고. 아니 저놈들이! 하고 달려가서 얼른 다시 가져오자니 좌석 사이를 비집고 나가는 동안 이미 저멀리 가버렸다는 거다. 그래서 딸은 팔짱을 끼고 캐리어 싣는 칸을 짝다리 짚고 서서 노려보고 있다. 특히 버스터미널 승차장에서 특정 버스를 타려고 줄을 선 것 같지도 않은데, 빈손으로 어슬렁거리는 사람들이 눈에 들어온 다음부터는 더더욱 그랬다. 만약 도둑놈이 지금 내 모습을 보고 있다면 '야, 저기 짐칸에 집착하는 이상한 애 하나 있어. 저 버스는 텄다' 생각해주길 바랐다. 모든 승객이 타고, 기사님이 버스 짐칸 문을 잡고 나서야 후다닥 올라탔다. 여전히 창밖을 째려보면서. 이놈들아 지켜보고 있다, 짐칸 열기만 해 봐! 버스에 있는 다른 승객들에게는 뭔가에 씌어 있는 이상한 관광객처럼 보였겠지만 나는 혼자 세상 뿌듯한 마음으로 자리에 앉았다. 내 덕에 우리 셋은 물론 이 버스의 캐리어들을 지켜냈어, 하면서. 내 망상 속에서만 정의의 사도로 등극한 후, 뿌듯한 마음으로 론다에 도착했다.

론다 숙소 역시 현지인 집을 렌탈하는 형태였는데, 집주인이 론다 시내에 작은 호텔을 하고 계셔서 체크인을 거기에서 해야 했다. 어차피 체크인 시간보다 훨씬 일찍 도착했기 때문에, 우리는 짐을 호텔에 두고 식사를 하러 나섰다. 식사를 하고 호텔로 돌아가는 길에 신발가게 몇 군데에 들렀다. 딸은 가족 중에서 발이 가장 큰데, 265mm나 된다. 한국에서는 사이즈를 구하기 쉽지 않기 때문에 딸은 유럽에 오면 신발을 산다. 엄마는 신발가게가 보이면 항상 들어가서 골라보라고한다. 그런데 이상하게 참, 엄마 아빠를 대동하고 나선 여행길에서는 이것저것 신어보고 편하게 쇼핑하게 되질 않는다. 이번에도 쓱 보고 나서, 특별히 마음에 드는 게 없어 멀뚱멀뚱 서 있었다.

엄마가 신발 하나를 만지작거리면서 망설인다. 한국에서도 선뜻 물건을 사지 않고, 해외에 나가면 더 물건 사는 데 신중한 엄마가 저렇게 하나를 집어든 걸 보면 꽤 마음에 드나보다.

이건 어때~?

저거~ 저거~
딱 엄마가 찾던 거야~

딸　엄마, 그거 살래?

엄마　요기 이 부분이 좀 이상한가?

그 부분이 이상해서 안 살 거였으면
엄마는 그렇게 묻지 않고, 그냥 내려놨을 것이다.

딸　안 이상한데. 한번 신어보기라도 하면 어때?

엄마　그럴까?

점원에게 엄마 사이즈를 말해주고 신발을 신어보는 엄마. 신데렐라
구두처럼 딱 맞았다.

딸　엄마 살래?

아빠　사, 당신 맘에 들면.

엄마　아니 갑자기 사기는 좀…… 근데 이거 되게 편한 신발이다.
　　　민지야, 이거 밑창이 되게 편한 소재야.

엄마는 참 '엄마 이거 갖고 싶어' 같은 소리를 못한다. 내가 이걸 갖
고 싶어하는 건 내가 사치를 부린다거나 그러려는 게 아니라 정말로
이게 객관적으로 너무 좋은 제품이기 때문에 이 구매는 타당하다고,
그렇게 모두를 납득시켜서 죄책감 없는 소비를 하려고 한다. 저녁을
고를 때도 그렇고, 작은 접시 하날 살 때도 그렇다. 이럴 때는 항상 우
리가 나서서 도와줘야 한다.

딸 엄마, 그거 사. 얼마 하지도 않는데 뭘. 한국에서 신발 사러 잘 나가지도 않

고 단화 필요하다고 했었잖아.

아빠 이쁘네. 사. (자세히 보지도 않음.)

엄마 아니, 홈쇼핑에서 이런 거 하나를 주문했었는데 발등이 아팠거든.

딸 그러니까 사라니께. 신어보고 살 일 은근히 별로 없어.

신발은 그냥 신어보고 이거다 싶을 때 사는 게 맞아.

엄마 (말없이 자세를 이리저리 바꾸면서 거울 보는 중)

딸 ……아빠, 엄마 이거 산대.

엄마 고마워라〜

아빠가 파우치에서 지갑을 꺼내 계산을 하고, 그렇게 엄마는 딸의
사이즈를 찾아주러 왔다가 인생 신발을 득템했다. 계산을 하고 나가
면서도 엄마는,

엄마 저런 신발이 한국에 진짜 잘 없어. 비싼 거는 아닌데 딱 저런 재질이 편하거

든. 엄마가 저런 걸 사려고 몇 년 전부터 엄청 찾았었는데…….

딸 잘했어. 이뻐. 잘 샀어.

아빠 이리 줘.

카메라를 가방에 다시 넣은 아빠는 달랑달랑 신발 봉지를 들고서 론
다 거리 한복판을 걷는다. 딸은 뒤에서 그 모습을 흐뭇하게 바라보다
가, 체크인 할 시간이 된 걸 눈치채고 엄마와 아빠를 양떼 몰듯 호텔
방향으로 몰아 사장님을 찾아간다. 올라! 우리 왔어요.

멀지 않은 거리지만 차로 숙소까지 우리를 데려다주셨다. 론다 숙소
는 누에보 다리에 맞닿은 절벽 쪽에 있어서 그간 다닌 숙소 중에서 가
장 좋은 뷰를 자랑했기 때문에 진입하기 전부터 기대가 컸다. 사장님
이 스페인어로 열심히 집 소개를 했다. 엄마 아빠는 마치 다 알아듣는
사람들처럼, 그리고 설명 다 듣고 나면 당장 전세계약 할 사람처럼 끄
덕끄덕해가면서 집 구석구석을 구경했다. 그러는 동안, 나는 창문을
열고 테라스에 나가는 타이밍만을 기다렸다. 내가 '빨리요 빨리!' 하
는 표정으로 기대에 차서 사장님을 바라보자, 사장님은 중요한 걸 잊
을 뻔했다는 듯 얼른 창문으로 다가갔다. 맞아요, 테라스요! 테라스를
보여주세요!

아빠　이야~
딸　……엄마!

너무 예뻐서 감탄사도 안 나오겠지만, 무엇보다 엄마의 '어머나'가
필요한 타임이라고. 엄마, 어디 갔어? 욕실 구경 그만하고 얼른 여기
로 와야 해!

엄마　아니 왜…… 어머, 어머나, 어머나!

그렇지, 이거지. 엄마 좋으시겠어. 신발도 득템하고 숙소 뷰도 예쁘
고 말야, 으쓱으쓱.

¡Bienvenido Ronda!

잊을 수 없는 풍경이다~

PUERTA 3

우리는 숙소를 나와 누에보 다리를 구경하고, 누에보 다리가 내다보이는 카페에서 맥주 한잔도 했다.

아가리가이드가 추천해서 왔지만 반응은 별로였던 (이쯤되면 아가리가이드는 여행계의 펠레라고 봐야 한다) 아랍목욕탕까지 구경하고, 작은 성당에서 작은 기도도 올렸다. 손바닥만한 마을 론다. 하루면 다 볼 수 있는 크기인데도 깎아지른 절벽에 세워진 누에보 다리부터 아기자기한 쇼핑 장소까지 모든 게 다 있어서, 테마파크에서 보내는 하루처럼 여유로웠다. 숙소로 들어가기 전 작은 몬타디토스 스페인식 작은 오픈샌드위치를 먹으러 들어간 식당의 알바생도 훈남이었다. 100가지 몬타디토스를 파는 전국 체인점이었는데, 페이스북에 위치를 찍어놓고 이렇게 적었다. '여기 알바생 스벤 크라머 닮아가지고 엄청 스윗하고 착하다. 100가지 몬타디토스 다 먹을 뻔했네.'

완벽한 하루를 마무리하고, 이 고즈넉하고 작은 동네 바에 앉아 와인을 곁들이며 저녁식사를 하면 딱이겠구나 생각했다. 잠시 쉬러 숙소에 들러서 가방도 정비하고, 나가려던 차에 알게 되었다.

아빠 여권이 없어졌다.

못 돌아가면 어떡하지

한국에 갈 수 있겠지

언제 없어진 걸까

순식간이구만

누가 가져간 거지

아빠 여권이
없어졌다

아빠   아빠 여권이 없다.

딸   진짜?

여권이 진짜로 없냐는 뜻이 아니었다. 여권을 잃어버린 게 아빠가 맞는지, 그게 믿어지지 않아서 입을 통해 튀어나온 말이었다.

아빠는 "아빠, 혹시 파란색 펜 있어?" 하면 "두번째 서랍 열어보면은 왼쪽에 작은 필통 있어. 거기 있을 거야" 하는 사람이다. 엄마가 "어머, 나 아까 휴대폰을 어떻게 했대?" 하면 "아까 당신 가방 앞주머니에 넣는 거 내가 봤어" 하는 사람. 그런 아빠가 여권을 잃어버리다니, 그래서 그때 어렴풋이 예감은 했다. 짐이나 숙소 어딘가에 있는데 아빠가 못 찾고 있을 리는 없고, 아빠가 여권이 없다고 한다면 바깥에 있을 거라고.

아빠   아빠 여권도 여권이지만 민아(첫째딸, 아가리가이드) 여권이 같이 있는데 그게
       큰일이네. 여권 두 개를 넣은 파우치 자체가 없어.

알함브라 궁전 입장권 예매를 할 때에, 언니가 가진 카드로만 결제
에 성공했었다. 예약자 카드와 여권이 있어야만 표 교환이 가능하다
고 해서 한국에 있는 언니 여권까지 가져왔고, 당연히 물건 간수를 잘
하는 아빠가 아빠 여권과 함께 챙겼다. 그 정도로 우리의 여행에서 금
고 같은 사람인데, 아빠 여권이 없다니!

딸   아빠, 짐작 가는 데 있어? 마지막에 언제 봤어?
아빠   아까 엄마 신발 살 때, 아빠가 계산을 해야 해서 꺼냈었어.
엄마   거기서 두고 왔나?
아빠   글쎄 근데 셋 다 같이 갔다 왔고 손님이 우리말고 또 있었나…….

신발을 살 때 아빠는 파우치를 열어서 계산을 했다. 없어진 건 그후
라는 거다. 신발을 산 후에는 짐을 맡긴 호텔로 갔고, 호텔 사장님이
차에 우리를 태우고 지금 우리가 머무는 아파트먼트까지 데려다줬다.
그후에는 끝없이 론다 길거리를 걸었다.

그러면 신발가게, 호텔, 사장님 차, 아니면 막막하게도 길거리, 누에
보 다리부터 언덕 코스를 잇는 사실상 관광 코스 전체. 그 산길을 이
밤에 다시 돌아보는 건 현실적으로 불가능하므로 제외하면, 신발가
게, 호텔, 사장님 차. 이 셋 안에서 확인을 해야 한다.

일단 영원히 없어졌을 경우는 대비해야 한다. 걸어가는 내내 유럽여행 카페에서 "스페인 여권 분실" 관련 글을 뒤지고, 키워드 알림을 걸었다. 가이드로 일하고 있는 스페인 교포 지인에게도 메시지를 보냈다.

엄마의 쇼핑백을 찾아서 신발가게 이름을 확인하고, 구글맵으로 위치를 찾아 되돌아갔다. 아까 그 점원은 보이지 않았다. 아마 낮과 밤 근무조가 달라서 그런 것 같았다.

> 딸   (최대한 느린 영어로) 안녕하세요, 우리가 여기서 신발을 샀어요. 오늘 낮에요. 그런데 여권, 잃어버렸어요. 이렇게 생긴 것 안에 여권 두 개 있었어요. Dos pasaportes. (여권 두 개!)

의사소통이 쉽지 않아 휴대폰 어플을 켰다. 한국어보다 스페인어에 가까운 영어로 원하는 말을 입력해서, 스페인어로 변환했다. 엄마 아빠는 내가 스마트폰으로 뭔가를 찾기 시작하자 그 모습을 조용히 지켜봤다. 평소라면 '뭐하는 거냐' 물어보셨겠지만 지금 같은 상황에 내가 진지하게 뭘 하고 있을 때는 나름의 생각이 있을 거라고, 그런 마음으로 지켜보신 것 같다.

[번역기] 딸 ▶ 점원

낮에 여기서 신발을 샀고, 그때 이 작은 가방에서 카드를 꺼내서 지불했어요. 그런데 그 가방을 잃어버렸어요. 여권 두 개가 들어 있어요. 저희한테 너무 중요한 일이에요. 이렇게 생긴 작은 가방을 보신 적이 있나요?

두 점원은 같이 조용히 소리를 내면서 번역된 말을 읽었다. "오~ 그렇구나~" 하는 말이 들렸다. 그러고 나서 내 눈을 마주치면서 눈을 동그랗게 뜨고 내 휴대폰을 가리켰다. '내가 답장 써도 되겠니?' 하는 것 같았다. 휴대폰을 넘겨줬다.

한참을 뭘 적으시고는, 스페인어 – 영어 번역 버튼 꾹.

[번역기] 점원 ▶ 딸
분실물은 없어요. 그런데 우리는 저녁부터 일해서 모르는 걸 수도 있으니까, 다른 직원에게 전화해볼게요.

[번역기] 딸 ▶ 점원
고마워요. 우리는 내일 아침 일찍 당장 떠나야 해요. 부탁이니까 전에 있던 직원에게도 물어봐주고, 카운터나 매장 여기저기 한 번만 더 봐줄 수 있겠어요?

한 명은 전화를 하고, 한 명은 매장을 샅샅이 뒤졌다. 다락방 창고에 있는 직원에게도 소리를 질러 상황을 물어봐줬다. 하지만 어디에서도 여권은 나오지 않았고, 이전 타임 근무자와의 통화에서도 여권에 대한 이야기는 들을 수 없었다.

고마워요. 그러면 제가 여기에 메일 주소를 남기고 갈게요. 번역 어플을 쓸 수 있으니까 스페인어로 보내도 괜찮아요. 찾으면 꼭 연락해줘요. 우리한테 너무 중요한 물건이에요. 신경써줘서 고맙고, 꼭 잘 좀 부탁드릴게요.

서울에서 새로 산 휴대폰을 잃어버렸을 때처럼, 나는 세상 최고 굽신거리는 표정과 텍스트로 부탁했다. 혹시 이 사람들이 더 열심히 찾아주면 결과가 바뀔지도 모르고, 만에 하나 누군가 나쁜 마음을 먹었다고 해도 불쌍해서 다시 생각해줄지도 모르니까. 부탁한다는 말 100번, 고맙다는 말 100번. 아빠도 엄마도 같은 마음으로. 3인조로 세상 어디에도 없는 불쌍하고 슬픈 표정으로 굽신굽신.

엄마 아빠는 점점 말수가 적어졌다. 애써 "어디 있겠지~" 하던 내 입도 닫혔다. 남은 곳은 호텔 사장님 차와 호텔 카운터. 급한 걸음으로 걸었다.

엄마   만약에 여기도 없으면 어떡하지?

딸   그건 그때 생각해야지.

첫 자유여행에서 마주한 상황에 엄마는 얼마나 놀랐을까. 아빠는 본인이 잃어버리기라도 했고 딸은 여기저기 물어보고 뛰어다니기라도 하지, 엄마는 아마 아무것도 못하는 무기력한 기분에 휩싸였을 것이다. 이리저리 다니는 내가 안쓰러운 마음에 아빠에게 정말 기억이 안 나느냐고 묻다가, 거기서 당혹스러워하는 아빠 얼굴을 보고 마음이 또 안 좋아서 아차 했다가. 엄마의 그런 시선들이 오갔다. 나는 "괜찮다"고, "다 방법이 있다"고 했다. 그런데 그런 건 없었다. 엄마의 질문도 아빠의 침묵도 마음이 아팠다. 이 모든 상황에서 엄마 아빠를 안심시키고 싶었는데 내 입에서 나가는 말들이 내가 듣기에도 공허했다.

호텔에 도착했다. 반갑게 인사하는 사장님에게 번역기로 상황 설명을 했다. 놀란 사장님이 차고로 우릴 안내했다. 차 시트를 다 젖히고, 방석도 다 들었다. 차는 사장님의 잔짐조차 없이 깨끗했다. 호텔 카운터나 다른 곳에도 여권은 없었다. 따님이 오고, 사모님이 오시고, 수심이 가득한 표정의 대화가 오갔다. 우리는 점점 겁을 먹었다. 예쁘게 머리를 땋은 앳된 얼굴의 딸이 스페인어 억양의 영어로 나에게 말을 걸었다.

호텔 따님	안녕, 나는 이 집 둘째딸이야. 원래 여기에 안 사는데 방학이라 와 있어. 다행히 내가 영어로 이야기할 수 있으니까 나하고 이야기를 해보자.
딸	고마워! 신발가게에도 갔고, 거기 직원이 낮에 일하던 직원에게 문의도 해줬고, 거기선 할 수 있는 걸 다 해줬다고 생각해. 이메일 주소도 남겼어. 거기에 없고, 여기에도 없으니 어떻게 해야 할지……. 당장 내일 아침에 론다를 떠나야 해서 너무 막막해.

따님은 열심히 부모님에게 이 상황을 통역했다. 호텔 사장님은 사모님과 따님에게 뭘 열심히 지시했다. 사장님은 신발가게에 다시 전화

를 했고, 사장님이 전화를 하는 동안 우리는 따님의 안내를 받아 그제
서야 입구에 있던 긴 의자에 앉았다.

호텔 따님   우리 엄마는 이 동네 사람들을 잘 알아. 오는 길 바닥을 찾아보고 경로에
         있는 가게에도 다 물어보겠다고 했어. 걱정하지 마.

딸   정말 고마워. 못 찾더라도 진짜 너무 고마워.

사장님이 통화를 마쳤다. 이미 통역하기 전에 상황은 짐작할 수 있
었다.

호텔 따님   신발가게에는 정말로 없대. 엄마가 지금 오는 길을 다시 보고 있으니까,
         거기에도 없다고 하면 경찰서에 신고하자. 아빠가 같이 가주신대. 물론 나
         도 가서 상황을 통역해줄 거야.

사장님의 말을 충분히 전달했다는 걸 눈치챌 정도의 텀이 생기자,
사장님은 다시 진지한 표정으로 몇 마디를 더 하셨다.

호텔 따님   아빠가 지금 이 말을 전해달래. 사람들이 스페인에 소매치기가 많다고 하
         지만, 이 동네에 그런 나쁜 사람들은 없다고 꼭 이야기해달라고 하셔. 분
         명 어딘가에 떨어뜨렸을 거고, 누군가 줍는다면 당장 오늘은 아니더라도
         경찰서에 갖다줘서 나중에라도 찾을 거야. 돈이 많이 든 지갑도 아니고,
         여권을 돈 때문에 팔아넘기거나 하는 건 대도시에서나 일어날 법한 일이
         라는 걸 꼭 알아줬으면 좋겠어. 론다는 그런 곳이 아니야.

동화 같은 작은 고향에서 몇십 년간 숙소를 운영중인 토박이 사장님의 마음이 담긴 말. 멀리서 자기 호텔을 찾아준 손님에게 론다가 나쁜 기억으로 남을까봐 걱정인 게 분명했다. 그때쯤 사모님이 호텔로 돌아왔고, 물론 아무것도 찾지 못했다. 오는 길에 있는 대부분의 가게에서도 답을 얻지 못하셨다고 했다.

사장님 다들 옷 입어. 경찰서에 가야 해.

사장님의 오래된 승용차에 욱여 탄 우리는 경찰서로 향했다. 한국에서도 경찰서는 무서운데, 스페인에서 경찰서라니. 론다의 작은 파출소 주변에는 어둠이 까맣게 내렸다. 우리보다 빠른 걸음으로 성큼성큼 파출소로 들어간 사장님은 경찰 아저씨와 한참을 이야기했다. 전부 알아듣지는 못했지만 우리가 누구인지, 무엇 때문에 왔는지와 오기 전까지 어떤 걸 시도했는지를 전달하시는 듯했다. 옆에서 함께 이야기하던 딸이 다시 통역을 하러 나에게 왔다.

호텔 따님 여권 분실 신고증을 경찰서에서 써줄 거야. 그러면 그걸 가지고 여행을 이어서 할 수 있어. 그리고 나서 한국 대사관으로 가져가면 여권을 만들 수 있어.

또 옆에서 뭐라고 열심히 첨언하면서 추가 통역을 부탁하는 사장님.

호텔 따님 여기 파출소 직원에게 이미 아빠가 상황을 다 설명했어. 도난 리포트 작성을 위해서 필요한 것들을 알려주기만 하면 되고, 신경쓰거나 긴장할 필요 전혀 없어. 동네 사람들이라 서로 다 알아.

딸   너무 고마워. 감사합니다!

엄마 아빠에게 자초지종을 설명하고 나서, 우리는 줄줄이 경찰서로 들어가 의자에 앉았다. 죄지은 것도 없는데, 어린 애들이 혼날 때 앉는 생각의자마냥 앉자마자 마음이 더 쪼그라들고 슬퍼졌다. 스페인까지 와서, 이게 무슨 꼴이람.

경찰관   스페인 연락처 있으면 쓰고, 아니면 한국 연락처 쓰세요.

사장님   (따님에게) 스페인 연락처는 니가 내 걸로 적어주렴. 우리 호텔 손님이니까.

끄적끄적 적어내려간다. 엄마와 아빠는 말이 없다. 글 쓰는 펜 끝을 몇 명이 보고 있는지, 뻔한 인적사항을 적는데도 손이 떨렸다.

경찰관
따님 통역   뭐가 들어 있었죠?

딸   여권 두 개랑 신용카드 두 개요.

경찰관
따님 통역   여권은 누구랑 누구 거예요?

딸   하나는 아버지 거고, 하나는 언니 건데 언니는 스페인에 오지 않았어요. 인터넷으로 예매한 티켓을 찾는 데에 필요했어요.

경찰관
따님 통역   신용카드는 한국 거지요?

딸   맞아요.

경찰관
따님 통역   어느 회사 카드인지, 모양 같은 것들 알 수 있어요?

딸   아빠는 신한카드고, 언니는…… 어디 거였지?

아빠   몰라.

딸   잘 모르겠어요.

경찰 아저씨가 고개를 들고 따님에게 뭔가를 중얼중얼 이야기했다. 말이 점점 길어지자 겁이 덜컥 났다.

호텔 따님   경찰 아저씨 말이, 몰라도 상관없대. 서류를 완성해야 해서 묻는 것뿐이니까 괜한 걱정 말라고 전해달래. 너무 긴장한 것 같아서 걱정되나봐.

눈물이 왈칵 날 것 같았다. 나는 침착하게 엄마 아빠에게 이 말을 다 전달했고, 엄마 아빠의 얼굴도 많이 누그러졌다. 그리고 나는 아마 이 때 나와 엄마 아빠가 같은 생각을 했을 거라고 생각한다.

여권을 잃어버리면 당혹스럽다. 그건 해결할 수 없는 것이다. 하지만 여권을 잃어버릴 확률도 희박하지만, 잃어버린 상황에서 이런 정서적 도움을 받을 일이 얼마나 될까. 이 론다 사람들은 계속 우리 표정을 살피고, 안심시키고, 우리가 알아듣지 못하는 자신들의 대화가 혹시 우리를 긴장시킬까 신경쓰고 또 신경썼다. 이렇게 돌아가는 상황에서 우리가 뭘 해야 하는지 정도는 알았다. 여전히 당황스럽지만 그런 마음을 조금 감추고, 금방 웃음기가 돌아오진 않지만 억지로라도 자꾸 웃고, 우리 자신조차도 그렇게 생각하지 않았지만 자꾸 "괜찮다"고, "어떻게든 될 거야" 같은 소리를 했다.

경찰 리포트를 다 작성하고, 봉투에 고이 넣어 잘 챙겼다. 사장님의 "이것까지 잃어버리면 안 된다!" 하는 농담에도 즐겁게 응했다. 사장님이 숙소로 데려다준다고 했지만 호텔까지만 가면 된다고 했다. 마음 같아서는 식사라도 대접하고 싶은 심정이었지만 이미 우리 때문에 너무 오랜 시간 호텔을 비우셨기 때문에 그것 역시 실례일 것 같아 그만두었다.

딸　　저기 마지막으로 부탁이 하나 있는데……

호텔 따님　뭔데?

딸　　셀카 찍어도 될까? 우리 여행중에서 오늘이 제일 감동적인 날이었어. 꼭 오늘 일을 기억하고 싶은데 다 같이 사진 찍자고 말해줄래?

호텔 따님　너는 우리 손님인데 신경쓰는 게 당연하잖아. 물론 사진도 찍자!

그렇게 남겨진 사진.

사람들이 한 나라를 여행하면서 그 나라가 좋거나 싫다고 할 때는 많은 이유가 있다. 그중 대부분은 사람이다. 특히 나에게 스페인은 더더욱 그렇다. 갈 때마다 항상 누군가는 이 나라를 좋아할 수 있게 짠하고 나타나줬다. 소매치기가 제일 많다는 보케리아 시장에서조차 내가 흘린 100유로를 누군가 달려와 건네줬던, 유독 내겐 행운이 많았던 나라. 내게 스페인은 그런 곳인데, 엄마 아빠의 첫 스페인이 정반

대의 기억이 될까봐 무서웠다. 그래서 발 벗고 나서서 자기 일처럼 말
해준 사장님에게 마음속으로나마 말했다. 나도 사장님과 같은 마음이
라고, 나도 엄마 아빠가 론다와 스페인을 싫어하게 될까봐 걱정이라
고, 하지만 사장님 덕분에 그런 일은 생기지 않을 것 같다고. 너무 많
은 마음을 받아 주눅들 여유조차 없었던 저녁이 바쁘게 지나가는 중
이었다.

미안함,
얼마면 되겠니

딸 자, 이제 밥 먹자!

다시, 우리 셋이 남았다.

미칠듯한 허기와 그보다 더 큰 허탈함이 남았다. 호텔 사장님 가족들의 호의에 기분좋은 대화를 이어갔지만 그게 우리의 상황을 완전히 바꿔주지는 못했다. 우리 셋은 바에 앉아 먹을 것을 시켜놓고, 내 머릿속을 가득 채우는 생각을 나머지 두 사람이 눈치채지 않길 바라면서 영혼 없는 수다를 떨었다. 나뿐만 아니라 모두가 그랬다.

특히 아빠는 어느 때보다 말을 많이 했다. 원래 나랑 엄마가 쫑알쫑알하면 즐겁게 듣는 게 일이었던 아빠는, 여권을 잃어버린 일 때문에 신경이 너무 많이 쓰이는 것 같았다. 사실 여행중에 여권이 사라진다거나 하는 일은 책임소재가 있다기보다는, 그냥 그런 일이 벌어지는 것이다. 여러 번 여행하면서 배운 건 그런 것들이다. 논리적으로는 누구의 책임인지 따질 수 있을지 몰라도, 실상은 그냥 그런 일이 교통사고처럼 벌어진다. 아무리 조심해도, 벌어질 일은 어떻게든 한 번은 벌어지는 것이다.

엄마   어휴, 아빠가 잃어버렸기에 망정이지. 내가 잃어버렸어봐. 민지가 나를 또 얼마나 구박했을 거야. 안 그래?

딸   아이고~ 내가 잃어버렸어봐. 엄마가 날 가만뒀겠어? 지금쯤 "그러길래 뭐랬냐~ 내가 챙기라고 안 했냐~ 이게 다 니가 평소에 정리 안 하니까 그러는 거다~ 니 가방 봐라. 거기서 뭐 없어져도 어디 알겠나~ 지 방도 돼지우리같이 해가지고 뭐 하나 없어지면 맨날 못 찾지 않았냐~" 해가면서.

엄마   엄마가 언제 그런다고.

딸   ……어쨌든 아빠가 잃어버려서 다행이야.

우리는 우리 방식으로 아빠에게 괜찮다고, 여권 잃어버린 걸로 아빠를 원망하거나 하지 않는다고 이야기했다. 물론 그게 아빠에게 닿았는지는 모르겠다. 하지만 기분좋으라고 한 거짓말 같은 건 아니었다. 우리는 언제 여권이 사라져도 이상하지 않은, 어딘가 조금은 허술한 사람들이다. 사실은 그래서 더 속이 아팠다. 항상 철저했던 아빠에게 하필 이런 일이 생겨서 아빠는 지금 얼마나 속이 상할까. 보는 내가 다 억울했다. 자신의 부주의로 가족여행에 태클이 걸리는 죄책감을 하필이면 아빠가 느껴야 한다는 게. 평소에 우리가 흘리는 것들을 이것저것 챙겨주는 사람이 아빠라는 걸 알기 때문에 이 상황이 왠지 불공평하다는 느낌마저 들었다.

아빠　아빠가 쏠게. 2차 가자.

엄마　배부른데 뭘 또 먹어~

아빠　아빠가 미안하니까 아빠가 살게. 더 맛있는 안주 먹으러 가자.

엄마　됐어. 괜히 돈 쓰지 마.

딸　아니! 난 먹을 거야.

나는 엄마와 아빠 성격을 반반씩 닮았는데, 이런 경우는 아빠의 심정을 안다. 이거 딱 내가 하는 패턴. 미안하면 밥 쏴야 심리적인 평화라도 찾아오는 타입. 지각하면 커피 쏘고, 미안하면 밥 사고. 제발 돈 쓰고 싶으니까 받아달라고요. 마음의 안정을 돈 주고 사고 싶다고요.

딸　여긴 새우가 맛있겠다. 새우 먹어도 되지? 비싸도 새우. 나 새우.

엄마　아이고~ 새우 비싸구만.

딸　한 접시 해봤자 뭐 얼마나 한다고. 시켜도 되지?

아빠　그럼.

기분좋게 아빠의 사죄용 과소비에 동참하겠다고 해놓고 먹기 시작했으나, 먹다 보니까 또 지 기분이 좋아서 신나게 마셨다. 웰커밍드링크로 받아왔던 와인까지 숙소에서 한 잔 더 하고, 멋진 야경을 카메라에 담으면서 제발 눈을 감으면 우리 모두의 마음에서 이 먼지 같은 것들도 침전되길 바랐다.

아빠, 진짜로, 마음에서 나오는 모든 진심을 담아서 괜찮아요. 오늘 일이 없었으면 나한테 론다는 그냥 멋진 다리가 있는 엽서 속 장소였을 텐데, 덕분에 론다 안에 있는 진짜 사람들과 따뜻한 마음을 새기고 돌아가요. 우리가 하고 싶었던 자유여행이 원래 이런 거 아니었겠어? 패키지여행에서 보여주는 '장면' 말고 그 안을 파고들어서 의미 있는 순간들을 남기는 일. 얼굴만 예쁜 줄 알았던 론다가 이런 따뜻한 가슴도 갖고 있다는 걸 알게 된 건 이번 여행에서 얻은 보석이야. 나는 항상 혼자 여행했는데 엄마 아빠가 함께 있으니까 여권을 잃어버리든 경찰서에 가든 외롭지 않아서 행복해요. 앞으로 남은 일정도 우리 잘 해봐!

———————

특별편:
여권 사건의 전말

결론부터 말하자면 우리는 끝끝내 여권의 행방을 알지 못했다.

그로부터 2년 후, 우리는 아버지의 입을 통해 충격적인 진실을 맞이하게 된다.

때는 2년 후 가을, 딸이 사는 동네 단골 바에서 아빠와 딸이 와인 한 병을 거나하게 나눠 마신 밤 10시경.

아빠   사실 아빤 그 여권 어떻게 된 건지 알았어.

딸   무슨 소리야. 그걸 어떻게 알아.

아빠   못 찾을 줄 알았어. 그거 누가 훔쳐갔어.

딸   그걸 아빠가 어떻게 알아, 훔쳤는지 떨궜는지.

아빠   아빠 가방 지퍼 다 잠겨 있었고 우리 셋이 번갈아가면서 맨날 사진 찍는데, 떨궜으면 누가 봐도 진작에 발견해서 줬어. 떨어졌으면 알아.

딸   아니 그니까 누군가 가져갔다는 거는 어떻게 아냐고.

아빠 사장님이 그랬잖아. 거기 무슨 돈이 든 것도 아닌데 훔쳐갈 사람 없다고.

사실은 거기 100만 원 들어 있었어.

예?

100만 원요……?

식스센스급 반전.

딸 100만 원?!

아빠 비상금으로 아빠가 환전했던 1,000달러 들어 있었어. 그러니까 그게 돌아오질 않은 거야. 그 당시 일했던 점원이 챙겼든, 다른 손님이 신발 계산하다가 발견해서 열어봤든, 미화 1,000달러 들어 있었으니까 당연히 돌아올 리가 없었지.

딸 (포크 떨어뜨림) 진짜야?!

아빠 그래서 일부러 말 안 했어. 거기서 여권 잃어버린 것도 정신없는데 100만 원도 같이 없어졌다고 해봐라. 니 엄마 몇 배로 화나고 놀라서 잠도 못 잔다. 여행 내내 우울하고 돈 쓸 때마다 생각나서 즐겁게 여행 못해. 여권 잃어버리면 여행 루트도 바꿔야 하고 들어갈 돈이 얼만데, 거기에 100만 원까지 마이너스인 걸 니 엄마가 어떻게 견디냐. 너도 배로 스트레스받고.

딸 대박. 그날 3차까지 술 마신 이유가 여기 있구만! 속 쓰려서. 얼마나 답답하고 짜증났을 거야. 와, 말 안 한 거 완전 현명했다.

아빠 그렇지.

딸 엄마한텐 영원히 그냥 말하지 마. 아까워서 또 마음만 아파.

아빠 말했어. 엄마한테.

딸   진짜?! 뭐래?

아빠   천 불 날렸다고 하니까 엄마는 속에서 천불이 나지.

"천 불 날렸다고 하니까 엄마는 속에서 천불이 나지."
맞은편에 서서 들으시던 바텐더까지 폭소.

아빠도 이렇게 허술한 사람이었네, 생각했던 나는 틀렸다. 아빠가
이렇게 치밀한 사람이라니. 환갑에 잔머리가 이 정도로 굴러간다면
앞으로도 큰 걱정 없겠어.

우리 천 불 가져간 도둑, 그걸로 맛있는 거 먹었니? 아픈 가족 간병
을 했거나 힘든 상황에서 탈출해 아이들 끼니를 챙겨줬거나 하는, 여
튼 그런 일에 잘 썼길 바란다. 이제 나도 여권 사건을 보낼 수 있어.
아빠랑 와인 한 병만 딱 더 마시고 진짜 털어버릴 거야!

딸   하나만 더 마실까.

아빠   옆집 가서 먹자.

딸   그래. 지갑 잘 챙겨.

딸이 휴대폰을 놓고 나와서 바텐더가 따라 나왔다. '이 손님 또 이러
네' 하는 웃음과 함께. 아빠도 '이놈은 아직도 이러고 사네' 하는 듯 고
개를 저으면서 앞장서 걸었다.

그라나다의 아침,
일가족
모닝 오열

밤을 새웠다.

여권 재발급은 수도 대사관에서만 할 수 있었다. 젠장, 이런 걸 미리 알았으면 마지막 아웃 도시를 마드리드로 잡았어야 했는데. 가격차이도 전혀 없었는데, 이런 상황을 예상하지 못했으니까. 우리의 루트는 마드리드 – 톨레도 – 세비야 – 론다 – 그라나다 – 바르셀로나였고 론다까지 온 상태였는데, 바르셀로나에서 나가는 비행기를 타기 전 대사관을 다녀와야 했다. 할인항공권이라 아웃도시 변경은 할 수 없었다. 아침 7시 53분, 원래 예정되었던 론다 – 그라나다 열차를 타야 하니 일찍 자야 한다는 걸 알았지만 노트북을 쓸 수 있는 숙소에서 가능한 모든 방법을 찾아둬야 정신건강에 이로울 것 같았다.

어쨌든 그라나다 – 바르셀로나 사이에 마드리드를 끼워넣어야 했다. 최대한 당일치기로 가야 했다. 여권 하나 때문에 숙박을 다른 도시에서 해버린다면 새 숙소 숙박 1박과 함께 그 때문에 날려먹는 숙소 1박 숙소 요금까지 손해가 된다. 여권 때문에 원치 않는 경비를 엄청나게 탕진해서 모두를 우울하게 하고 싶지도 않았다. "여권 없어졌는데도 민지 덕분에 별일 없었네!" 하는 칭찬을 듣고 싶기도 했고, 그렇게 돼야만 우리 모두에게 이 여행의 오점을 만들지 않을 것만 같았다. 여권 분실 사건을 웃어넘길 에피소드로 만들려면 기똥찬 계획이 너무너무 간절했다.

미친듯이 인터넷 서핑을 해 알아낸 바에 의하면 무조건 대사관 문 열자마자 1등으로 가는 게 좋다고 했다. 긴급여권 발행 업무는 통상 업무가 아니다보니 한 창구에서 한 명이 담당하기 때문에(2015년 기준) 내 앞에 한 명이 있으면 넉넉잡고 1시간은 밀려날 거라고 했다. 2명이라면 2시간, 3명이라면 3시간. 그래서 그라나다에서 밤시간을 이용해 이동해서 아침 일찍 마드리드 대사관에 떨어질 방법을 찾기로 했다. 동시에 엄마 아빠에게 그 이동이 너무 힘들지 않아야 했다. 다행히 그라나다에서 마드리드로 가는 버스가 새벽에 있고, 안락한 우등버스라 자면서 가기에 최적이라는 소식을 접했다. 그라나다에서 마드리드 가는 버스를 예약했고, 또 마드리드에서 여권 업무 후에 바르셀로나로 갈 편도 비행기를 예매했다. 거의 밤을 꼬박 새우고 나니 그대로 샤워만 하고 그라나다행 기차를 타러 론다역으로 가야 했다.

한산한 기차역에는 사람이 많지 않았다. 다행히 어제보다 마음을 내려놓은 엄마가 피곤한 와중에 해맑게 말을 걸어왔다. 열차는 중간에 공사구간이 있어 버스로 갈아타야 했다. 후에 엄마와 아빠는 독특한 경험을 해서 재미있었다고 했는데, 정작 나는 아무리 돌이켜 생각해도 이 부분을 잘 기억해내지 못했다. 아마 머릿속에서 너무 많은 것을 한번에 생각하고 있었기 때문에 일부는 기억에 새겨지지 않았던 모양이다.

택시로 숙소에 도착한 후 친절한 호스트의 도움으로 짐을 문제없이 맡겼다. 그사이에 아침을 먹어야 했는데, 너무 이른 시간이어서 선택지가 많이 없었다. 그라나다에서 유명하다는 추로스 맛집이 하나 있었는데 마드리드 추로스집처럼 여기도 이른 시간부터 아침식사를 할 수 있는 거의 유일한 곳이었다. 그리로 얼른 가기로 하고 가는 길을 검색했다. 루트를 찾는 일은 진절머리가 났지만, 진정하고 아침식사라도 하면 좀 나아질 것 같았다.

딸 아침은 추로스입니다. 마드리드랑 스타일 또 다르대.

엄마 아침부터 초콜릿이랑 빵이야. 부대끼게.

딸 아침에 연 데가 여기 정도였어. 여기 되게 유명한 집이야.

피곤이 누적돼서인지 전처럼 말이 예쁘게 나오지를 않는다. 훨씬 딱딱한 말투였고 표정은 더 딱딱했다. 나도 모르게 시선도 자꾸만 바닥으로 떨어진다.

추로스와 커피, 오렌지주스를 둔 우리는 계속해서 말이 없었다. 아침에 이렇게 일찍 일어나서 이동한 게 처음인데다 전날 경찰서까지 다녀온 우리는 지쳤다. 어색한 아침식사 자리의 정적을 아빠가 먼저 깼다.

아빠 그라나다에 알함브라 궁전이 있지?

딸 응.

아빠 아빠가 좋아하는 노랜데 〈알함브라 궁전의 추억〉.

딸 맞아. 그리고 그동안 계속 못한 타파스 투어를 해야 돼.

엄마 그게 뭔데?

딸 내가 오기 전부터 맨날 말했잖아~ 술 한잔에 안주 조금 먹고 다른 집 이동하고 그러는 거. 여기 올 때 내가 아빠랑 꼭 해보고 싶다고 했던 거.

엄마 맥주 한 잔씩 계속 먹잖아.

딸 그거랑 다르다니까. 특히 그라나다는 안주를 공짜로 준단 말이야. 여기서도 안 하면 그다음 바르셀로난데 진짜로 안 돼.

엄마 엄마는 국물 있는 거나 먹으면 좋겠구만.

딸 그럼 집에서 해먹어. 그러고 다 같이 나가면 되지.

엄마 뭐하러 밥을 두 번씩 먹어.

딸 스페인 오기 전부터 아빠랑 그거 하자고 온 거잖아. 아빠 은퇴여행인데 아직까지 한 번도 안 했잖아.

엄마 엄마는 피곤해.

아빠 엄마 컨디션 봐서 해 그럼.

사실 나는 마드리드에서부터 줄곧, 아빠에게 입이 침이 마르게 이야

210

기했던 타파스 투어를 아직까지 변변히 못한 게 마음에 걸렸다. 모두의 컨디션이 어느 정도 좋아야 움직일 수 있다는 걸 알았고, 패키지투어에 익숙한 엄마 아빠에게는 아무리 노력해도 자유여행이 힘들 수밖에 없다는 걸 알았기 때문에 때로는 우동집도 데려가고, 숙소에서 삼겹살도 구워먹고, 라면도 먹고 해가며 나라면 안 했을 방식으로 조율을 하려고 애썼다. 그런데 이미 그라나다, 다음은 바르셀로나다. 타파스의 도시 그라나다에서라도 같이 타파스 투어를 하고 가야 한다는 게 내 마음에 크게 남은 숙제 같은 것이었다. 사실 세비야에서도 이런 시도를 안 해본 건 아닌데, 다음과 같은 패턴이 반복돼서 진작에 망했다.

1. 타파스 투어를 하자고 제안
2. 엄마는 술 생각도 별로 없고, 스페인 안주로 저녁을 해결하는 게 부담스러움
3. 에어비앤비에서 뭔가 요리해서 한식에 가깝게 1차 식사 후 나가기로 협의
4. 마음 약한 엄마는 혼자 먹기 미안해서 아빠와 내게도 한식을 권해서 함께 먹음
5. "자 이제 타파스 먹으러 가자!" 하면 "배부른데 저녁을 또 먹어?" 하는 상황이 벌어짐
6. 아쉬운 대로 나와 아빠만 맥주 한 잔 마시고 종료.

이런 패턴으로 세 사람이 서로를 배려하는 과정에서, 결과만 놓고 보면 우리가 애초에 꿈꾸던 타파스 투어는 아직 한 번도 해보질 못했다. 술집 옮겨다니면서 수다 떨고 이 집 저 집 안주 먹으러 다니는 게 아빠의 로망이자 내가 큰소리 뻥뻥 쳤던 스페인 자유여행의 핵심인데, 정작 여행 중반이 넘어가도록 아직도 그걸 해내지 못했다.

물론 그것도 어떻게든 조율해내지 못한 가이드, 내 책임 같았다.

_딸   그라나다에서는 못 넘어가. 원래는 도시마다 다니면서 저녁에 한 번씩은 하고 싶던 건데 엄마가 한식 먹고 싶어하고 혼자 먹으면 미안해서 나눠주고 하면서 매번 잘 안 된 거잖아.

_{엄마}   외국까지 나와가지고 술 먹는 게 뭐 그렇게 중요해.

_딸   그거 하려고 온 거잖아. 아빠가 좋아하는 스페인 레드와인에 음식 종류별로 먹고 돌아다니는 거. 그냥 한국에서 막 술 퍼먹고 다니는 거랑 같아? 내가 이거를 몇 번을 설명해야 돼?

추로스집 한켠 3인 테이블이 얼어붙었다.

_{엄마}   얘는 왜 화를 내.

_딸   똑같은 거를 맨날 설명하게 만들잖아.

_{아빠}   됐어. 상황 봐서 가지 뭐. 엄마도 피곤하니까…….

_딸   뭘 상황 봐서 가. 여기서는 해야 돼. 알함브라 궁전이랑 타파스 투어 두 개가 그라나다에선 제일 중요해. 아빠도 너무 그러지 말라니까? 나만 나쁜 사람 되잖아.

얼어붙은 분위기를 수습하지 못한 채로, 체크인 시간을 한참 남긴 우리는 시내를 향해 정처없이 걸었다. 걷는 내내 머리가 터질 것 같았다. 그동안 순서대로 생각할 수 있었던 것들이, 시내를 걸어가면서 눈덩이처럼 커져서 뭐부터 해야 할지 갈피를 잃기 시작했다.

내가 여기서 이렇게 말을 안 하고 가면 안 되는데. 뭐라 설명이라도 하면서 걸어야지. 근데 여기서 뭘 어떻게 웃으면서 설명을 해. 나 지금 솔직히 기분이 너무 상했는데, 여기서도 나 혼자서 이걸 다 수습해야 돼? 나는 그럼 루트도 짜고, 여권도 수습하고, 돌아다니면서 가이드 다 하고, 통역에 주문에 아등바등하는데 왜 내 기분은 항상 뒷전이야. 기분 상하는 말 들은 건 난데 왜 내가 여기서 또 그래야 하냐고.

체크인이 몇시더라. 지금 추로스 먹어서 다들 배 안 꺼졌을 텐데……. 2시쯤이지 않았나. 그때까지 시내에서 또 뭘 하면서 시간을 보낸담. 에어비앤비 호스트한테 한 시간이라도 먼저 들어갈 수 있는지 물어라도 볼까. 아니야. 어차피 점심까지 밖에서 먹고 집에 가서 쉬는 게 나은가. 아닌가?

엄마 아빠는 왜 또 말을 안 해. 내가 말 안 하면 말 안 할 건가? 아니지, 뭐가 뭔지 알아야 여기라도 갈까, 저기라도 갈까 할 텐데 당연히 엄마 아빤 말이 없지. 아빠는 지금 자기 때문에 어제부터 분위기가 이렇다고 생각하려나. 엄마도 피곤할 텐데. 추로스집에서 그렇게 말을 하지 말 걸 그랬나. 아니다. 내가 그 정도 말도 못해? 틀린 말은 없잖아. 뭐 어때서?
거기까지 생각이 닿았을 때, 우리는 횡단보도 앞에 닿아 있었다.

아빠   민지 왜 이렇게 조용해.
딸   답답하니까 그렇지.

엄마   뭘 또 그걸 갖고 아직까지 그래? 엄마는 그냥 한 소리지.

딸   아…….

그다음에 대답할 말을 고르기 시작했어야 하는데,

갑자기 눈물이 터졌다.

하필 가장 큰 사거리 교차로에서, 나는 선 채로 어린애처럼 엉엉 얼굴을 감싸쥐고 울었다.

눈물 같은 건 감정에 어필할 때나 쥐어짜내는 비겁한 거라고 생각했고, 특히 말을 해야 하는 타이밍에 눈물이 앞서서 터지는 일은 죽어도 나한테는 일어나지 않을 일이었다. 어릴 때 엄마 아빠에게 혼날 때도 울면 더 혼났다. '억울할 땐 울지 말고, 니 생각을 이야기해. 말로 설명해, 울지 말고.' 그래서 엄마 아빠는 어릴 때부터 내가 우는 걸 볼 일이 별로 없었고, 나도 살면서 마찬가지였다.

그런데 그라나다 교차로에서 알게 되었다. 누군가 유리창을 깨고 비상벨을 주먹으로 내리치면 사방에서 물이 터지는 것처럼, 의지와 상관없이 쏟아져나오는 순간이 있다는 걸. 살면서 한 번도 그런 적이 없는데, 말을 시작하기도 전에 이상한 소리를 내면서 표현 그대로 엉엉 울었다.

아빠는 놀라서 내 팔을 끌어다 횡단보도 앞에서 인도 안쪽으로 데려왔고, 그동안에도 나는 어디가 고장난 애처럼 엉엉 울었다. 아빠는 손수건을 가져다줬고, 얼굴을 쥐고 있던 손으로 손수건을 쥐고 시야가 밝아질 즈음 엄마가 보였다.

엄마가 내 모습을 보면서 멀리서 또 울고 있었다.

엄마의 우는 모습을 보니 또 눈물이 멈추지 않고, 그런 나를 보면서 엄마는 또 눈물이 나고. 그렇게 울면서 두 사람이 대치하는 상태가 얼마간 지속됐다. 아빠는 론다 경찰서에서 그랬던 것처럼, 어쩔 줄 모르고 번갈아서 두 사람을 바라봤다.

내가 진정하고 심호흡을 할 무렵, 아빠가 말했다.

아빠   너 좀 앉아야 돼. 어디 들어가자 아무데나. 여기 들어갈까?

가장 큰 사거리 앞 카페.

딸   ……이런 데는 비싸.
아빠   지금 그게 무슨 상관이야.

창가 자리에 앉았다.

아빠   마실 거 시켜. 아빠는 커피.
딸   ……엄마는?
엄마   ……엄마는 아무거나.

더듬더듬 주문을 했다. 이 와중에 눈이 퉁퉁 부은 얼굴로 더듬더듬 짧은 스페인어로 주문하는 내가 불쌍하고 안됐다는 생각이 들었다. 나는 지금 내가 어떻게 여기 들어왔는지도 정신이 없고, 한국말로 뭘 물어도 대답하고 싶지 않은 기분인데. 바보처럼 눈물을 닦으면서 주문한 내가 딱하다는 생각이 들어 자꾸만 눈물이 났다. 지금껏 많은 일을 하면서도 그저 당연하다고 생각했지 셋 중에 내가 제일 힘들다거나 나만 고생이라는 생각 따위 하지 않았었는데, 갑자기 다 서럽고 슬퍼졌다. 여행 내내 나를 지탱하고 있었던 어떤 게 와르르 바닥부터 무너진 기분이었다. 제대로 이야기를 할 수 있게 되기까지 한참의 시간이 걸렸다. 음료가 나오고 나서 또 콧물을 훌쩍이면서 누가 뭘 시켰는지 손으로 알려줘야 했다. 조금도 나 혼자 분위기 잡고 슬픔에 잠겨 있을 시간이 없었다.

아빠 　민지가 힘들지 지금.

딸 　힘든 거 몰랐는데, 그런 것 같아. 엄마 아빠가 뭘 잘못해서 그렇게 된 게 아니고, 내가 잘하고 싶으니까 맨날 길 찾느라 휴대폰만 보고 있고 다음에 뭐 할지 고민하고…… 나는 원래 여행 이렇게 안 했는데, 문제없이 잘 다니게 하려면 신경써야 하는 것도 많고.

　그래도 돼. 그거는 내가 좋아서 하는 거니까 상관이 없어. 솔직히 나는 어제도 그렇고 기차에서도 못 잤어. 여권 해결하는 것 때문에 루트를 다 바꿔야 하는데 밤사이에 티켓팅이랑 다 생각해봐야 하고, 기차에서도 내려서 헤매는 게 싫으니까 어느 방향으로 택시를 잡아야 하는지 출구 나가서 오른쪽으로 꺾는지 왼쪽으로 꺾는지……. 그런 거 다 생각하느라 진짜 하나도 못 잤어.

아빠 　왜 꼭 그렇게 해? 숙소 가는 길은 도착해서 알아봐도 되잖아.

딸 　헤매는 거 보여주는 게 싫어. 뭔가 잘못됐다고 불안해할 것 같아서. 그냥 다음엔 여기, 다음엔 여기, 그렇게 움직여야 마음이 편해. 그런데 마드리드도

갔다가 가야 하고. 어차피 엄마 아빠랑 이걸 터놓고 얘기해봤자 서로 마음만 미안하지 해줄 수 있는 것도 없고.

아빠 얘기를 하지…….

딸 그러면 여권 잃어버린 아빠만 더 미안해할 것 같고 내 마음만 불편할 것 같아. 그냥 쓸데없이 징징댈 시간에 빨리 해결하고 싶어. 근데 그거를 할려고 아등바등하다가 생각해보니까 여행 준비할 때 꼭 이걸 해보자 생각했던 타파스 투어를 정작 못한 게 또 마음에 걸려. 이것도 해야 하고 저것도 해야 되는데. 엄마도 피곤해하는 건 알겠는데 그렇다고 계속 맞추는 게 너무 어려워.

엄마 민지야, 엄마는 힘들어서 그랬어. 엄마는 니가 제일 고생하니까 말을 못했지만 체력이 달려서 솔직히 많이 힘이 들어. 밥 먹는 것도 중간중간 한식 챙겨 먹고 있지만 엄마 기준으로는 좀 무리하고 있어. 저녁에는 일찍 들어가서 잠이나 자고 싶고…… 그런데 여기서는 술집 다니면서 밤에 그러자고 하니까 엄마도 순간적으로 힘들어서 그렇게 말했어. 우리 민지가 이렇게 힘든 줄 알았으면 엄마가 말 안 했는데, 엄마는 엄마가 너무 몸이 힘드니까 그렇게 얘기했어.

아…… 잠시만 좀더 울고 가실게요.

엄마 민지가 우니까 엄마는 너무 마음이 아파. 다 엄마 잘못 같아.

딸 아니야. 나도 엄마 힘든 거 보여. 그래서 더 조율하는 게 힘들어서…….

으아. 한 타임만 더 울고 가실게요.

아빠 엄마도 그렇고 민지도 그렇고 다 마음이 예뻐서 그렇지. 아빠가 여권 잃어버

리는 바람에 민지가 고생해서……. 민지가 말 안 해도 아빠도 다 알아. 저놈

이 기차에서도 안 자고 뭐 계속 찾는구나 했어. 아빠 때문이야.

딸 아빠가 그렇게 생각할까봐 무슨 일 있어도 말을 못하잖아.

아빠 또 말 안 할라. 알았어.

돌이켜보면 나는 나만 어른이라고 생각했는지도 모른다. 이 모든 상
황을 책임질 수 있는 것은 나밖에 없다고. 그 과정 속에서 무기력해져
가는 아빠와, 점점 어두워지는 나를 보면서 힘듦을 터놓지 못했던 엄
마, 그리고 정작 나를 가장 많이 괴롭히다 그라나다 교차로에서 완전
히 녹아내린 나. 정말로 내가 조금 더 어른이었다면 이렇게까지 되지
는 않았는지도 모른다. 터놓는 것에도 용기가 필요하고, 힘듦을 말하
는 것에도 연습이 필요한데 나는 그 두 가지 모두에 소질이 없는 딸이
었다. 차라리 밤에 다 같이 루트 변경하는 걸 알아본다든가, 여기까지
왔는데도 초반에 계획했던 걸 못해서 내가 얼마나 스트레스인지를 터
놓고 이야기했으면 이렇게까지 되지 않았을 텐데. 나는 그 모든 걸 일
정이 끝난 후 나만의 밀실에서 했던 셈이다. 그걸 다 해낼 수 있다고
생각했었다. 안 자도, 일이 꼬여도, 세 사람의 입장이 각각 달라도, 나
는 그걸 다 해낼 수 있다고 생각했었다. 그리고 다른 누구보다 부모님
앞에서는 해내야 한다는 강박도 있었다. 징징대지 않는 딸, 엄마 아빠
가 의지할 수 있는 당찬 딸. 누구도 강요하지 않은 걸 나 혼자서 증명
해내려다 여정의 한가운데에서, 내가 그렇게 부러졌고 결국 그건 아
빠가 수습했다.

아빠	앞으로 무슨 일 있으면 같이 이야기해.
딸	수습 다 했어. 정리 다 해놨어.
아빠	또 그런다.
딸	진짜야. 버스 티켓이랑 다 샀어.
엄마	민지가 얘기한 거 엄마도 밤에 같이 할게. (끝까지 타파스 투어란 말이 입에는 붙지 않으시는 분.)
딸	2차쯤 갔다가 힘들면 엄마는 먼저 숙소 들어와. 꼭 힘들면 얘기해.
엄마	알았어. 그것도 얘기할게.
아빠	그래. 계산하고 나가자.

……그리고 그제서야 가이드 모드에 무사히 복귀한 내 눈에 계산서가 들어왔다.

딸	너무 비싸다! 여기 진짜. 뭐야 커버 차지야? 무슨 커피 한 잔에……
아빠	됐어, 이놈아. 그냥 내.
딸	비싸다…….

계산서 때문에 5차 폭풍눈물 흘릴 뻔.

울 거면 어제 울 것이지, 세상 쿨한 척하면서 웃으면서 론다를 떠나온 우리. 센 척하며 보낸 하루가 무색하게 그라나다 사람들 다 보는 곳에서 유난유난을 떨면서 다시 가족애를 다졌다. 이제 셋 중 한 명이 실종되거나 하지 않는 이상 뭐든 셋이서 헤쳐나갈 수 있을 것 같

아. 그라나다, 빡센 환영 고마워. 덕분에 드디어 엄마는 타파스 투어에
완벽하게 동의했고, 나와 아빠는 오늘 제대로 술 마실 준비가 되었어.
이 모든 게 스페인 술판을 위한 빅픽쳐였다고 생각할 거야. 술이 들어
갈 거야, 쭉, 쭉쭉쭉, 쭉, 쭉쭉쭉!

_____

부모님 동반
스페인식
술판의 기록

드디어 날이 저물어간다. 우리는 오늘이야말로 반드시 술판을 벌일
것이다. 공짜 안주로 유명한 타파스집을 열심히 검색해두었다. 이미
낮에 〈로스 디아만테스〉에 가서 작은 생선튀김에 꼴뚜기튀김으로 살
짝 낮술을 했다.

본격적인 저녁 1차, 하몬 전문점. 오프닝은 무조건 하몬 전문점. 하
몬이라면 눈이 뒤집히는 아빠의 첫 타파스 투어를 축하하면서 하몬집
으로 갔다. 벽면을 빼곡히 채우는 하몬과 손으로 카빙해주는 점원들
까지, 아빠가 인스타그램을 한다면 무조건 찍었을 명소가 따로 없었
다. 음료를 시키니 공짜로 하몬을 끼운 버거 3개가 떡하니 나왔다.

엄마 이게 공짜라고?
딸 응.

엄마 어머나. 어떻게 이게 공짜라니.

딸 그러니까 내가 꼭 타파스 먹으러 밤에 나와야 된다고 한 거 아니야. 아이참 말할 때 안 믿으셨나……

웅, 안 믿었던 모양이야.

탄수화물, 술, 하몬. 약속된 조합을 성공적 1차로 치르고서 다음 집으로 향했다. 더도 말고 덜도 말고, 시작부터 세 군데만 딱 맛있는 거 나와주면 좋겠다 생각하면서. 왜냐면 어차피 그 이후는 술 취해서 무슨 맛인지도 모른 채로 마냥 맛있을 예정이니까. '좋은 술은 무조건 1차에 먹어야 한다'와 같은 논리로.

본격적으로 바 여러 개가 다닥다닥 붙은 거리로 진입했다. 이쯤에서 가이드가 놀러다니며 터득한 그라나다 타파스집 고르는 팁 하나를 소심하게 풀어본다. 물론 특별히 갈 집을 정하지 않은 경우에 유효하다.

테라스석이 여러 개 늘어선 타파스 거리를 지날 때, 가게를 각각 풀 샷으로 스캔해야 한다. 쉽게 말하면 풀 샷, 좀더 구체적으로 말하면 좌에서 우로 카메라를 PAN 하면서 훑듯이! 한 가게의 여러 테이블을 검은 눈동자뿐만 아니라 흰자까지 동원해 광각으로 쓰윽 봐야 한다는 뜻이다. 왜냐하면 그라나다는 공짜 안주가 나오니까, 전체 테이블에 가장 많이 깔려 있는 안주가 그날의 공짜 타파스일 확률이 높다. 유독 모든 테이블에 있는 듯한 겹치는 메뉴에 집중해 그 메뉴가 마음에 드는지 스캔하고 들어가면 크게 망하지 않는다. 딸은 그렇게 오늘의 공짜 타파스로 추정되는 메뉴 중 마음에 드는 것을 확인하고, 얼른 엄마 아빠를 불러 앉혔다.

그렇게 간 2차. 상그리아 한 잔과 와인 한 잔, 맥주 한 잔을 시켰더니 아까 매의 눈으로 스캔했던 오늘의 메뉴, 스페인식 갈비찜이 나왔다! 한국 사람 입맛에 찰떡같이 잘 맞는 음식이다. 스페인 너란 나라, 안창살 닭똥집 피순대를 먹는 입맛 기준, 형제의 나라.

엄마는 세상에 이런 재미진 게 있느냐고, 공짜로 이렇게 주면 얘네들은 뭐가 남느냐고 신기해했다. 나랑 똑 닮은 엄마의 광대가 내려올 줄 몰랐다. 아, 이때 느껴지던 희열은 알량한 텍스트로 끄적일 수 없는 그런 성격의 것이었지. 아빠는 이미 천국에 와 있는 표정이었다. 내가 처음 그라나다에 왔을 때 매일 상상하던 그 그림! 엄마 아빠랑 노천 바에 껴서 앉아서 맛있는 술에 공짜 안주를 차례차례 클리어하는 그런 그림! 드디어 이루어냈습니다. 아빠, 좋아? 엄마, 나쁘지 않지? 내가 울고불고 끌고 온 보람이 있지? 엄마는 타파스 투어가 이런 건 줄 몰랐다고, 너무 재미있다고 물개박수를 치시기 시작했다. 물론 타파스 투어가 무엇인지는 백 번쯤 설명하였지만 다시 백한번째 설명을 해드렸다. 했으니 됐고, 좋아하니 됐다. 그리고 내가 좀 취하는 중이니까 여러모로 됐어.

3차는 와인 전문점에 갔다. 바글바글, 클럽 맥주바 앞처럼 사람들이 콩나물시루처럼 들이찼다. 슈퍼히어로 영화에서 아이를 안전한 곳으로 피신시키고 전투에 다시 합류하는 영웅처럼, 엄마 아빠를 비교적 한산해 보이는 벽 쪽에 세워두고 말했다.

딸   엄마 아빠 여기 있어. 내가 가서 술 사 올게!

그동안 술값을 탕진하며 펍과 바에서 살아남은 전투력을 엄마 아빠에게 보여줄 때다. 맨날 술 퍼마시고 다니던 것을 스펙으로 어필할 수 있는 유일한 기회이기도 하지. 인파를 헤치고 겨우겨우 직원과 아이 콘택트를 했다.

딸   레드와인 세 잔이요!
정원 와인 종류가 여러 개인데, 테이스팅 시켜줄까요?
딸   네!

와인 전문점답게 기본 하우스와인도 여러 가지를 구비해두고 있었다. 솔직히 테이스팅은 전혀 필요 없었으나, 테이스팅용 공짜 와인 한 방울도 놓치고 싶지 않은 마음에 냅다 하겠다고 했다. 엄마 아빠가 알면 분명히 잘했다고, 장하다고 해주실 거야.

레드와인 두 종류를 따라주시며 어쩌고저쩌고 설명을 하셨으나 시끄러워서 들리지도 않고. 테킬라 샷 톡톡 털어넣듯 왼쪽 잔 먹고 잠시 생각에 잠긴 척, 오른쪽 잔 비우고 또 엄청 음미하는 척 미간을 찌푸린 후 두번째 잔을 가리키면서 "전부 이걸로요" 하고 말했다. 그러

는 사이 옆에 서 있던 사람들이 자리를 비웠다! 나는 흡사 버스에서
자리가 비었을 때 일행을 부르는 등산객 아저씨처럼 "엄마! 아빠! 이
리와! 여기 여기!" 하고 외쳤다. 엄마 아빠를 그 자리로 부르려는 의도
도 있지만 그보다 치열한 눈치작전이 펼쳐지던 바에서 '내가 여기 일
행 부를 거니까 밀려들어오지 말아주라……' 하는 어필 차원에서. 날
억척스럽다 욕하지 말아줘, 너희도 환갑 부모님 모시고 여기까지 와
보렴. 두 사람의 체력이 고갈되면 오늘 타파스 투어는 나의 패배로 끝
난다고.

꼭 영화에 나오는 야밤 사교클럽처럼 특이한 구조에 어둑어둑했던
와인바. 너무 시끄럽고 정신없는 곳이어서 어떤 이야기를 했는지도
정확히는 기억나지 않는다. 다만 엄청 많이 웃었고, 와인은 맛있었다.
내가 기억하는 전형적인 그라나다의 겨울을 그린다면 아마 이 바에서
의 한 컷이리라. 두꺼운 겉옷을 입은 사람들이 서로 바스락거리며 부
대끼는 바, 스쳐갈 때마다 서로 양해를 구하면서 눈을 맞추고 손에 든
잔도 수줍게 올려봤던 밤. 어두워서 우리가 외국인인지 현지인인지
모호해지는 기분도 참 마음에 들었던 곳.

아빠 재밌는 밤이네~ 천국이 따로 없고만.

딸 그렇지? 그러니까 지금,

……4차 가야 해.
평소 여행할 때보다 술 먹을 때 추진력이 더 과해지는 것 같은 딸.

술덕후 아버지는 그런 딸이 기특하고, 어느 순간부터 술보다는 안주에 집중하고 있는 어머니는 다음 안주가 궁금하다.

4차로는 낮에 갔던 〈로스 디아만테스〉에 다시 갔다. 낮에 먹은 안주들이 다 맛있었기 때문에, 다음 안주가 뭔지 궁금해져서. 공짜 타파스는 한 잔을 더 시키면 또 새로운 안주가 나온다. 그런데 음료를 시켰더니 낮에 먹은 안주가 저녁에도 똑같이 나왔다. 아마 시간대별로 바꾸거나 하지는 않는 모양이었다. 다음 안주가 뭔지 혹시 알 수 있냐고 했더니, 무뚝뚝한 직원은 무뚝뚝한 영어로 "서프라이즈(랜덤으로 나오는 거니까 따지지 말고 먹으렴)" 하고 대답했다. 여기도 사람이 터져나가는 곳이었기 때문에 나와 대화를 하는 중에도 주문을 하려고 소리치는 손님들이 많았고, 나는 일단 알았다고 하고 그를 놓아주었다. 그후 중후한 다른 직원이 지나가기에 일단 불러세워보았다. 머리를 쥐어짜 내 아는 스페인어를 모두 털어 협상을 시도했다.

> 딸 (스페인어) 우리, 낮, 여기, 먹어. 이거, 먹어. 물고기튀김. 다른 것?
> (해석: 낮에 여기서 식사를 이미 해서 이 물고기튀김을 이미 먹었습니다.
> 다른 안주를 받을 순 없을까요?)

구세주 같은 직원은 필사적인 내 반 토막짜리 스페인어가 불쌍했는지, 생선튀김 접시를 도로 가져갔다. 그러고는 고개를 빼고 아까 나와 이야기했던 바텐더에게 뭐라고 고래고래 소리를 질렀다. 추정하자면, "얘네 이거 이미 먹었대. 3번 타파스로 바꿔줘!" 하는 것 같았다. 그랬

하몬Jamón

돼지 뒷다리의 넓적다리 부분을 통째로 잘라 소금에 절여 건조·숙성시켜 만든 스페인의 대표적인 생햄.

이렇게 먹으면
더 맛있다구요~

더니 입이 삐죽 나온 청년은 다시 쩌렁쩌렁 아저씨에게 화를 냈다. 제스처와 표정을 통해 추정하자면 "이미 내가 안 된다고 했는데, 그걸 들어주면 어떡해? 이미 나간 안주잖아. 그냥 먹으라고 하면 될걸" 하는 것 같았다. 아저씨는 웃으면서 어깨를 들썩였고 '그러지 말고 바꿔줘' 하듯 팔을 뻗어 접시를 청년에게 건넸다. 아저씨 감사합니다! 역시 할매 할배 아저씨 아줌마 인심은 월드와이드야. 덕분에 새로운 버섯 안주를 받아서 맛있게 먹었다.

이날 유난히 술집에 젊은 친구들이 많다 했는데, 알고 보니 그라나다 대학교 학생들이었다. 그들은 우리가 셀카를 찍고 노는 모습을 지켜보면서, 자기네끼리 웅성거리다 한 명이 대표로 와서 말을 걸었다.

학생 (스페인어) 스페인어 할 줄 알아요?
딸 (스페인어) 조금밖에 못해요. 영어는 할 수 있어요.

그때부터 엄마 아빠와 그라나다 대학교 친구들과의 무한 수다가 시작되었다. 어디서 오신 분들이냐, 스페인에 사시냐, 그라나다는 어떻게 왔냐, 이 술집은 어떻게 알고 온 거냐…… 별 얘기 안 했는데 우리 모두가 이미 술기운이 올라서 리액션도 과하게, 박수도 심하게, 무슨 말만 하면 까르르 까르르 웃으면서 떠들어댔다. 알고 보니 이 친구들은 모두 스무 살이었다. 외국인 나이를 추정하기 어려워서 훨씬 더 많을 거라 예상했던 우리는 그때부터 이 친구들이 하는 말을 귀엽다 귀여워 하면서 듣기 시작했다. 정신을 차리니 이미 콩알만한 술집의 절

반은 이 친구들과 우리 일행이 차지하고
있었다. 가끔 통역이 비고 내가 다른 사
람과 이야기에 빠져도 어떻게든 대화를
하고 있는 엄마 아빠가 너무 신기했다.
결국 우리는 가져온 셀카봉으로 술집 전
체가 다 들어오는 단체사진을 찍고 나서야 연

전원 술톤의
단체사진

락처를 교환하고 헤어졌다. 나가는 순간까지 너희 부모님은 정말 쿨
하고 멋지다고 입이 마르도록 칭찬을 했다. 그러게, 나도 엄마 아빠랑
4차까지 술 마시러 싸다녀본 적은 없었고 다른 일행이랑 합석하듯 떠
들어본 건 처음이라 이럴 줄은 몰랐다. 쿨톤 웜톤도 아닌 전원 술톤으
로 나온 단체사진을 남기고, 거기서 대학생들과는 헤어졌다.

그리고, 다음날 아침. 우리는 부스스 일어나 한 명씩 소파로 합류했다.

딸   어제 어떻게 들어왔지.

잘하는 짓이다, 부모님 모시고 외국 와서.

엄마   민지 너 기억 안 나?!

딸   안 나는데.

엄마   너 어제 엄청 멀쩡했는데 왜 기억이 안 나?

딸   어제 거기 대학생 애들이랑 떠들다가 집에 왔지?

엄마   아니야. 숙소 1층 바에서 또 마셨잖아.

딸　5차 갔어?! 나 왜 기억이 안 나지. 누가 냈어?

아빠　누가 냈더라.

아빠도 기억이 없으세요?
황급히 휴대폰 사진첩을 뒤지는 딸.

딸　어머 갔네. 아, 기억난다.

엄마　사진 있어?

딸　맞아. 여기 이거 공짜 타파스……. 맞아. 맞네. 먹었네.

술 마신 다음날 사진첩 뒤져서 기억의 퍼즐 맞추는 걸, 부모님하고
까지 해야겠냐고. 심지어 나는 여기서 먹은 영수증 사진까지 강박적
으로 찍어서 남겼다. 의식 없는 와중에도 손발이 기억하는 나의 사명.
회계, 가이드, 경리, 기록자. 그 몇 장을 보고 있자니 갑자기 끊겼던 기
억이 각성되듯 떠올랐다.

딸　아. 아! 맞다. 오. 잉? 아! 맞네! 이야! 맞아, 거기!

마지막으로 갔던 어둑한 술집. 사장님은 일행과 둘이 오붓하게 술
먹다 가게 마감하려 했는데 성가신 손님이 왔다는 듯 불친절했다. 그
러면서도 정성스럽게 구운 안주는 내놨다. 술김에 얼마 전 끝난 연애
이야기를 했다. 애인이 있는 줄도 몰랐는데, 이미 헤어졌다고? 응, 헤
어졌어. 뭐하러 굳이 얘기해. 뭐하는 사람이었는데? 그냥 뭐, 일하지,

해가면서. 그 대화를 하면서 동시에 '이 얘길 굳이 꺼내다니 내가 취했네, 빨리 숙소로 돌아가야겠어' 같은 생각을 한 기억도 난다.

 엄마는 막 끝난 연애의 소용돌이 속에서 스페인에 와 이러고 있는 나를 걱정했다. 나는 오히려 큰 생각 하지 않고 지낼 수 있어서 괜찮다고 했다. 정말이었다. 헤어진 사람들이 대부분 그렇듯이, 누군가가 유해했던 게 아니라 타이밍이 맞지 않아 여러 가지 일들이 벌어졌을 뿐이다. 아빠는 그 와중에 연애하는 인간으로서의 딸을 날카롭게 분석했다. 민지를 좋아하는 사람들은 이런 사람들이겠지. 그런데 동시에 이런 문제가 그 친구를 힘들게 할지도 몰라. 아는 척도 아니고 충고도 조언도 아닌, 그냥 너는 그런 사람일 것 같아. 너에게 잘 맞는 사람들을 그저 잘 만나렴, 하는 건조한 이야기였다. 잘은 기억나지 않지만 누군가의 연인으로서의 딸이 어떤 인간인지 아빠가 굉장히 정확하게 분석하고 있다는 게 신기했다. 현재 엄마 아빠는 내 연애에 대해 이래라저래라 하지 않는다. 이런 사람을 만나라고도, 이런 연애를 하라고도. 다만 누군가 만나고 있어서 힘든 걸 털어놓는 사람은 있었으면 좋겠다 한다. 언제 날 잡히면 엄청난 질문 공세에 시달릴지도 모른다고 생각해왔는데, 이날 느낀 건 내 예상과 달랐다. 이 두 양반은 나의 연애를 구경하고 있어, 무슨 연애 리얼리티 예능 보듯이. 어떤 사람을 만난 것에 크게 발끈하지도 않고 어떤 헤어짐에 대해 이러지 그랬냐 저러지 그랬냐 이입하지도 않는다. 그저 누굴 만나고는 있었다니 가끔 즐거운 날들도 있었겠구나, 일할 때 일하고 놀 때는 놀고 그러면서 사는 중인 걸 알면 됐다 하면서. 그 먼 시선이 나는 좋았다. 그걸 갖게 되기까지 엄마가 얼마나 많은 호기심을 눌렀고 아빠가 얼마나 많은 다짐을 했을지 느껴져서 좋았다. 어떤 무심함은 정말로 무심해서가 아니라 노력과 마인드 컨트롤로 짜낸 것이기도 하다. 스무 살 당시 나의 연애를 바라보던 두 사람을 생각한다면 우리는 많은 걸 서로를 위해 맞춰주고 변화하면서 지내고 있다.

한참 후 그라나다 모든 여정을 마치고 나서 야간버스를 타고 마드리드로 갈 때, 이 밤을 떠올리며 창가에 머리를 대고 씩 웃었다. 아니, 이런 게 되게 보람차지 않아? 이왕 놀 거면 빡세게 노는 거지. 얼마나 좋아. 엄마 아빠랑 막 파티하듯이 놀고 셀카 찍고 필름 끊기고, 인생 얘기 남자 얘기 가족 얘기 가리지 않고 해가면서. 안주는 공짜, 와인은 예술. 깔깔대다가 기절하듯 집에 들어왔지만 우리 모두 안전하고, 꼼꼼하게 돈도 칼같이 잘 냈고, 누구 하나 민폐 끼치거나 흑역사 만들지 않고 이루어낸 완벽한 파티! 친구들 단톡방에 낮 12시쯤 됐을 때 '얘들아, 다들 잘 들어갔지? 난 우리 모두가 너무 자랑스러워. 어제 너무 재미있지 않았니?' 하면서 다음 파티를 기약하게 만드는 그런 최적의 밤. 우리가 아직도 그라나다를 잊지 못하는 이유. 매력적이고 아름다웠던 타파스 투어.

알함브라 궁전의
추억 속 체리

꽂힌 노래만 맨날 듣고 같은 영화를 30번씩 보는 습관은 아버지에게 물려받은 것이다. 어릴 때부터 아빠의 플레이리스트에는 새 곡이 들어올 줄 몰랐고, 어쩌다 새 곡이 들어오면 한동안은 가족 전원 떼창이 가능할 수준으로 들었다. 딸은 이미 중고등학교 때 아빠가 아바ABBA덕후라는 것을 알게 되었고, 지겹게 듣던 노래들이 수록된 아바 베스트앨범을 생일선물로 드린 적이 있다. 어차피 다 있는 음반, 다들은 노래가 빼곡히 들어 있는 베스트앨범을, 아빠는 또 마르고 닳도록 들었다. 딸이 베스트앨범을 선물한 것을 후회하게 될 때까지, CD는 차 안에서 일하고 또 일했다. 선물 준 딸의 마음이 고마워서였는지, 그저 아바 노래가 너무 좋아서였는지는 모르지만, 어느 쪽도 부자연스럽지 않기 때문에 딸은 흐뭇한 마음과 피곤한 귀를 어루만지며 강제로 아바의 팬이 되었다.

그런 아빠가 지겹게 듣는 컬렉션 중 하나는 〈알함브라 궁전의 추억〉이다. 아빠 서재에서 지겹게 나오던 노래의 제목을 뒤늦게 알게 된 딸은 그라나다 관광이 좀더 쉬워지겠거니 생각했다. 원래 덕후들이란 성지에 풀어놓으면 알아서 좋은 리뷰를 적어내는 사람들이니까. 그런데 알함브라 궁전 예약이 하필 언니 카드로만 성사되는 바람에 여권을 가져왔는데, 카드도 여권도 잃어버리고 나니 덩달아 골치가 아파졌다. 다행히 딸이 덜덜 떨면서 예약확인증을 내밀었을 때, 이날만의 행운인지는 모르겠지만 문제없이 티켓을 교환받을 수 있었다. 옆에서 아빠는 얼마나 손 모으고 기도를 했을 것인가. '아바가 재결성해서 내한공연 하는 기적의 순간에 못 가도 좋으니 제발 알함브라 궁전 들어가게 해주세요, 저 거기서 이어폰 끼고 〈알함브라 궁전의 추억〉 들어야 해요' 했을지도 모를 일이다. 왜냐하면 항상 꽃 찍고 엄마 찍고 풍경 찍던 아빠가 처음으로

오동통한 손으로 궁전 티켓을 찍었어…….

티켓 인증 찍는 덕후 마음은 전세계 공통입니다. 딱히 올릴 SNS도 없는데 찍었다는 점에서 이 사진이야말로 트루 러브…….

딸이 급히 검색한 야매 정보로 엄마에게 알함브라 궁전의 이곳저곳을 설명하는 동안, 아빠는 그 어느 때보다 길고 정성스러운 출사를 했다. 혼자 궁전을 배경으로 셀카도 열심히 찍었다.

여기서 아빠 시점:

내가 여기에 오게 되다니, 정말 감동적이야. 100년 전 타레가가 여행중 이 궁전을 보고 감상에 젖어 〈알함브라 궁전의 추억〉을 작곡했다고 했었지. 그 사람은 스페인 아저씨고 나는 한국 아저씨지만 둘 다 여행자의 신분이었다는 점에서 우리는 같은 입장으로 같은 모습을 바라보고 있는 거야. 일설로는 사랑에 빠진 여인에게 거절당하고 실의에 빠져서 여행하던 중 이곳을 왔다고 하지만, 나는 사랑하는 아내와 함께 여기에 왔으니 어찌 보면 내가 더 행복한 사람일 수도 있겠지. 내가 은퇴하고 환갑을 맞을 때까지 한결같이 내 곁에서…….

엄마 여보, 체리 줄까?

……과일을 싸 가지고 다니는 우리 와이프.

딸 아 체리는 또 언제 갖고 왔어? 안 먹어.
엄마 팔아야 돼. 무거워~
딸 엄마 그거 하지 말라니깐 또 그러네. 무겁게, 어휴. 줘봐 그럼.

아빠 입에도 쏙, 엄마의 체리가 들어간다. 그놈의 "팔아야 돼". 안 가져오시면 안 팔아도 되잖아요. 궁전을 보던 중 대학생 정도 되어 보이는 한국인 여성분이 있었는데, 어쩌다 대화가 맞아 우리와 이야기를 나누게 되었다. 엄마는 내 눈치를 보면서 다시 가방 속에 손을 집어넣었다.

엄마   체리 좀 드실래요?

그분   아 정말요? 감사합니다.

엄마   우리 딸이 맨날 혼자 여행을 해가지고. 엄마가 지금 얼마나 걱정할 거야.

딸   엄마는 내 걱정 안 했잖아, 혼자 여행해도.

엄마   왜 안 해. 다 했지~ 혼자 여행하면 과일 같은 거 잘 안 사 먹죠?

그분   네. 잘 못 먹어요. 막 킬로그램으로 팔더라고요.

엄마   하나 먹어요. 다 씻어서 가져온 거예요.

딸   저희 엄마가 이런 걸 좀 좋아하세요. 뭐 주고 그러는 거. 갖고 올 필요 없다고 하는데도. 생각 없으실지도 모르는데…….

그분   아니에요. 감사해요!

엄마   너도 이러면 좀 좋아. 주면 그렇게 안 먹어. 팔아야 되는데.

딸   민폐일 수도 있잖아~

그분   아니요. 진짜 아니요. 저 혼자 다녀서 지금 약간 외로웠거든요. 여행 중간 정도 와서…….

아마 엄마는 알함브라의 정취에 젖어 있는 남편에게 체리를 주고 싶었던 게 아니라, 항상 혼자 여행하던 딸을 연상시키는 홀로 여행자에게 체리를 주고 싶어서 아빠와 나를 거쳤는지도 모른다. 길을 묻느라 먼저 우리에게 말을 걸어주셨던 순간부터, 엄마는 유심히 여행자의 표정을 열심히 살폈다. 셀카를 찍고 있으면 얼른 내 등을 밀어 사진을 찍어주게 하고, 엄마가 아닌 나와 이야기를 나누는 중인데도 쳐다보고 함께 웃으면서. 우리 딸도 저랬겠지, 사진은 항상 밝게 웃는 셀카만 보냈지만 저렇게 터덜터덜 걸었을 거야, 이 좋은 데 혼자 와서 좋다고 맞장구칠 사람도 없이 얼마나 마음이 허전할까 하면서. 나는 혼자 여행하는 사람들에 대해 불쌍하다기보다는 혼자 생각할 시간이 필요한 사람들이라고 생각하기 때문에, 시종일관 우리가 계속 이야기를 하는 것이 불편하지 않을까 생각했지만 엄마는 내내 마음이 쓰이는 눈을 하고 있었다. 그런 엄마의 눈을 뒤로하고, 체리를 한 손에 쥔 채 과거의 나 같은 여행자와 함께 걸었다.

딸   저희 엄마는 아마 제 생각을 하고 계실 거예요. 제가 전에 그라나다를 혼자 왔었거든요.

그분   아~ 아까 그 얘기셨구나. 부러워요, 부모님이랑 같이 오셔서.

딸   개고생이에요 진짜. 짱 힘들어요. (엄마 아빠 귀 막아.)

그분   그래도 부러워요! 엄마 아빠 생각 많이 나요.

딸   사실은 저도 막 이렇게 예쁜 데 오면 엄마 아빠 생각 많이 했었어요. 그러고 나서 같이 온 건데…… 힘들 때는 또 힘든데, 솔직히 그건 제가 힘들게 해서 그런 것 같아요. 혼자 여행할 때는 진짜 계획도 없이 막 다니거든요. 가면 가고 말면 말고. 근데 엄마 아빠랑 다니니까 그렇게 하기가 싫더라고요.

그분   저는 처음에는 혼자 다니는 거 좋다가 지금 약간 슬럼프인지 외로워요. 그래서 진짜 반가웠어요. 입구에서.

딸   다행이에요. 불편해하시는 분들도 있잖아요. 저는 혼자 다녀서 외로울 땐 또 외로운데 혼자인 게 좋을 땐 또 좋으니까, 어떤 상태신지 몰라서 좀 신경쓰였었어요.

그분   아니에요, 진짜로. 저도 다음에 부모님이랑 오고 싶어요.

딸   와서 지금 얘기해주세요. "내가 남의 가족이랑 돌아다니면서 우리 가족 생각했어!"

그분 맞아요! 히히.

혼자 하는 여행이란 게 그렇다. 혼자 여행한다고 해서 굳이 서러울 것도 아니고, 오히려 홀가분하게 나 하고 싶은 것들 하면서 보내는 시간이 더 많기도 하다. 하지만 가끔은 그냥 한국말로 입을 열고 싶을 때가 있었다. 홀로 여행자는 밥 먹을 때를 제외하면 입을 열 때마다 긴장한다. 외지인이니까, 부탁해야 하니까, 외국어로 말해야 하니까, 친절하게 대해줄지 확신이 없으니까…… 이유야 어찌됐든 목소리를 낼 때마다 용기가 필요하다. 가끔은 그 사실이 혼자 하는 여행을 미친 듯이 서럽게 만들 때도 있다.

그분은 당시 어느 시점에 우리와 만났던 걸까. 우리가 이야기한 시간이 그다지 길지는 않았고, 성함도 다음 여정도 기억나지 않는다. 그저 알함브라에서 만났던 그분에게 우리가 오랜만에 한국말로 입 터니까 좋았던, 가볍고 즐거웠던 만남으로 기억될 수 있다면 참 좋겠다. 엄마의 체리도 그렇게, 푼수 같고 따뜻한 한국 아주머니 마음으로 깜찍하게 기억됐으면. 엄마, 아빠, 딸, 그리고 딸을 닮은 여행자 모두에게 각자의 방식으로 남겨진 알함브라 궁전, 그 궁전을 둘러싼 각자의 추억들.

다음엔 부모님이랑 오세요~

알함브라 궁전의 헤네랄리페 정원

'헤네랄리페 정원'은 왕의 여름 별궁이에요. 이곳 아세키아 중정은 '헤네랄리페'의 심장이라고도 불립니다. 물을 이용한 정원의 아름다움을 느낄 수 있지요. 이곳 물소리에 영감을 받아 작곡된 곡이 <알함브라 궁전의 추억>이랍니다.

엄마~
우리 여기에 가보자!

여기
올라와보길
잘했다.
도시가
한눈에 보이네~

고객님,
그냥 좀
사실게요

엄마　어머나 이게 여기에 있네!

　알함브라 궁전을 보고, 반대편 전망대에서 석양이 지는 모습도 보고, 어둑해져가는 시간 알바이신 지구로 넘어왔다. 동네 전체가 기념품숍 같은, 그라나다에 남은 이슬람 문화의 영향을 시각적으로 가장 잘 보여주는 동네. 엄마는 입구에 진열된 그릇들을 보자마자 멈춰 섰고, 좁은 골목길을 막고 싶지 않았던 우리는 가게 안으로 들어갔다.

엄마　민지야, 아빠랑 엄마가 터키로 패키지여행을 갔잖아? 너무 예쁜 냄비받침이랑 그릇을 봤는데, 집집마다 가격이 다른 거야. 다음에 가면 또 그 그릇이 있을 줄 알고 점점 싸지길 바라면서 안 샀는데, 그다음 휴게소부터 그게 없는 거야. 어휴~ 그거 못 산 게 아까워가지고 엄마가 두고두고 아쉬운 거 있지. 요거야 요거.

딸 그게 이거라고?!

그렇다. 엄마는 끝없이 가격 비교를 하고 싶었고 분명 곧바로 안 사면 다음 가게에서 최저가를 만날 수 있을 거라 믿었지만, 귀국하는 순간까지 '다음 가게'는 없었기 때문에 못 샀다는 이야기. 귀에 못이 박이도록 들었고, 그 정도로 엄만 아쉬워했다. 그게 바로 여기 있는 제품들과 같은 거란다. 기념품이란 게 결국 돌고 도는 거니까. 또한 한국에서 이 이야기가 나올 때의 레퍼토리와 똑같이, 이 이야기를 엄마가 꺼내면 이어서 아빠도 고자질을 하는 것이다.

아빠 민지야, 그래서 아빠가 그냥 여기서 사라, 그거 뭐 얼마 하냐 그랬거든? 근데 엄마가 끝없이 싸질 줄 알고 흥정을 하는 거야. 근데 그 가격으론 안 판대. 아빠는 '그럼 그냥 여기서 이 돈 주고 사자' 했는데 엄마가 굳이 다른 데를 가자고 하더라고. 그거 몇 푼 아끼겠다고 하다가 엄마가……

엄마 아이, 내가 뭐랬어. 점점 싸졌다니까. 분명히 처음에는 바가지였으니까 믿을 수가 없잖아. 우리가 시간만 더 있었으면 더 싸게 살 수 있었어.

아빠 (안 듣고 딸에게) 여행이 근데 그런 거 아니냐. 지금 기회가 있으면 지금 사야 할 거 아니야. 근데 엄마는 그렇게 못 사는 거지.

딸 그치. 그냥 질러야지 그럴 때는. 한국에서처럼 쇼핑하면 안 되지.

엄마 근데 가정주부들은 그렇게 못해. 첫 집에서 두번째 집 오니까 가격이 반으로 줄어드는데 어떻게 믿고 금방 사냐고.

딸 그렇지. 엄마가 그러니까 알뜰하게 살림을 한 거지.

줏대 없는 딸. 엄마 말도 옳고 아빠 말도 옳다.

딸   그래서 엄마, 여기서 살 거지?

엄마   가만 있어 봐 얼만가 보고……

아빠   못 산다. 니 엄마 또. 저러다가 또 못 사.

엄마   당신 가만히 좀 있어~

딸   사, 엄마. 그냥 사.

엄마   어디 보자 아이고…… 터키에선 여기보다 쌌는데.

딸   물가 차이도 있는데 당연하지. 큰 손해 아니야, 사.

나는 엄마랑 아빠 성격을 반씩 닮았는데, 소비할 때는 완전히 아빠 성격이다. 내가 우리집 살림을 했으면 진작에 망하고도 남았을 것이다. 엄마가 스페인을 여행하면서 "이거 예쁘다~" 하면 나는 그게 뭔지 확인도 하지 않고 "사" 하고 지갑을 들고 기다렸다. 그러니 엄마의 쇼핑에 나는 전혀 도움이 되지 않았다. 엄마는 가격이 적정한지도 알고 싶고, 내가 보기에도 예쁜지 동의도 구하고 싶고, 이게 최선인지도 따져보고 싶은데 딸은 그런 게 없는 것이다. 꽂힌 게 있으면 그냥 사야지. 이게 무슨 명품도 아니고. 애초에 엄마가 살까 말까를 고민하는 것들은 길에서 만나는 냄비받침이나 작은 그릇 같은, 고민하기에는 소소한 것들인데. 딸의 시선에서는 그랬다. 절약이 몸에 밴 엄마는 외국에서 뭔가 살 엄두를 잘 못 내는 사람이다. 그런 엄마가 기념품숍에서 살지 말지를 고민하고 있다면, 그건 그냥 사면 된다고 생각한다. 나까지 꼼꼼히 따질 필요가 없다고 생각하는 것이다.

엄마 　민지야, 이게 예뻐 이게 예뻐?

딸 　둘 다 사. 다 예쁘네. 이거 뭐 얼마 한다고.

엄마 　이거는 언니 주고 이거는…… 언니는 뭘 더 좋아하려나.

딸 　둘 다 사고 나서 나중에 고민하면 되지. 사 일단. 엄마가 또 언제 여기를 온다고…….

아빠 　니 엄마 절대로 못 산다.

엄마 　당신 그러지 말라니깐!

딸 　아빠 가만히 있어. 싸움 나.

아빠, 그만. 또 또 엄마 약올린다, 그러다가 혼나려고.

엄마 　아이 요것도 예쁘네.

딸 　사.

엄마 　보고 얘기해.

딸 　봤어, 이뻐. 사.

아빠 　못 산다. 또 한국 가서 엄마 잠 안 온다.

엄마 　이이가 증말!

아빠를 보고 눈알을 부라리는 딸. 이 양반들이, 진짜 이럴 거냐고요.

그도 그럴 것이, 아빠는 엄마와 수많은 패키지여행을 하면서 이런 장면을 자주 보는 것이다. 집 살림살이를 책임져온 엄마는 최저가가 아닌 것은 모두 바가지다. '잘 산 편인 것' 따위 가치 없는 것이다. 만

약 덜컥 샀다가 다음 기념품숍에서 이걸 더 싸게 판다면 엄마는 귀국하는 열몇 시간의 비행기에서도 억울해 눈 한번 붙이지 못할 것이다. 승무원이 다가와서 "우쥬 라이크 썸씽 투 드링크?" 하면 엄마는 반사적으로 "아…… 아까 접시 샀어야 했는데" 하실지도 모를 일이다. 누구 돈이든 간에 엄마는 선뜻 사지 않을 것이니, 차라리 자꾸 저렇게 약이나 올리는 것이다. 아빠가 저렇게 "당신은 못 살 거야. 당신은 또 기회를 놓칠 거야" 그러면 엄마는 약이 올라서, "이 양반이 뭘 안다고, 날 뭘로 보고!" 하면서 사는 것이다. 그리고 아빠가 짜놓은 판대로 엄마는 바짝 약이 오른 덕분에, 드디어 그릇을 샀다.

빨리 사!
가자~

딸　　잘 샀어, 엄마.

엄마　그래 이 정도면 뭐……

아빠　어차피 이렇게 살 거 그때 이스탄불에서 진작에~

딸　　아저씨 거기까지요. 그만하쇼.

아빠는 엄마만큼 홀가분하고 신나는 표정으로 엄마의 그릇 봉다리를 받아들었다. 그라나다에서 우리 가족은 참 많은 숙제를 클리어했다. 딸의 타파스 투어, 아빠의 알함브라, 엄마의 터키 그릇.

야매 스페인어가
이뤄낸
최대 수확

새벽, 그라나다 숙소.

엄마 과일 먹어.

딸 과일이 아직도 있어?!

엄마 응. 팔아야 돼. 세 개씩들 집어먹어.

알함브라 궁전에서 체리와 귤을 다 못 판 걸까. 아직도 남은 과일이 있었다. 다음 행선지는 원래 바르셀로나였지만 수도인 마드리드에서만 여권 재발급을 받기 위해 새벽 2시 우등버스를 타고 마드리드로 이동하기로 했다. 어르신 두 분을 버스에 태워서 마드리드까지 간다는 발상 자체가 너무 호래자식 아닌가 싶어 고민을 많이 했다. 그러나 그렇다고 마냥 편안하게 모시자니, 너무 많은 비용이 들면 아빠의 죄책감과 엄마의 스트레스가 가중될 것이라는 것도 알았다. 기차, 비행기, 버스 모든 시뮬레이션을 다 돌리고 시간표와 가격 비교를 마칠 즈음, 스페인에 사는 교포 오빠에게 자문을 구했다. 생각보다 프리미엄 버스가 엄청 안락하고 편하다는 것이다. 게다가 마드리드에는 무조건 아침 일찍, 1번으로 도착해서 대사관 업무를 보는 게 좋을 거라고 추천했다. 만약 아침 일찍 도착해야 한다면 새벽이동은 어쩔 수 없고, 비행기 타고 어설프게 공항 왔다갔다하느니 차라리 시간 자체가 길더라도 쭉 누워서 가는 게 가장 편할 거라는 판단이 섰다. 그렇게 새벽이동을 하면 숙박비도 추가로 들지 않는다. 나이스!

　마지막으로 숙소를 정리하던 자정이 넘은 시간에 엄마는 세리머니처럼 남은 과일들을 내왔다. 그 과일들을 우드득 우드득 먹으면서 남은 큰 관문을 어떻게 해결할지 고민했다.
　콜택시를 불러야 했다. 새벽이니까.
　에어비앤비 호스트가 콜택시 전화번호를 알려줬다. 스페인어 잘 못한다고 했더니, 행선지만 말하면 문제없을 거라는 것이다. 알았다고 하고 마음의 준비를 아무리 단단히 해도 외국어로 전화라니 무섭다. 게다가 여권 재발급하러 마드리드 가는 버스터미널까지 택시를 부르는 일은 더더욱 부담스럽다. 망하면 진짜 망하는 거잖아. 정확히 알아듣고 우리집까지 와주셔야 하는데, 영어도 한국어도 아닌 스페인어로 이걸 해야 된다니. 레스토랑에서 주문하는 건 손가락질도 하고, 그 사람이 내 말을 알아듣고 끄덕여만 주면 되는데 이건 눈앞에 없는, 내 말을 알아들었는지 어떤지도 모르는 스페인 사람과 이야기를 해야 하잖아. 관광지 레스토랑에서처럼 내 아기 같은 단어의 나열을 직원이 못 알아들을 때 영어로 재시도하기도 어렵다. 스페인어로 콜택시를 부르다니, 차라리 카시야스나 토레스랑 결혼하는 게 더 쉬운 일 같았다. (그럴 리가.)

정적이 흐르는 새벽 1시의 에어비앤비. 엄마 아빠는 목도리까지 다 하고 캐리어 곁에 다소곳이 앉아 있다. 더이상 미룰 핑계도 없다. 심호흡. 할 수 있다. 할 수 있어! 마지막 토마토 한 조각을 꿀꺽 삼키고서 전화를 걸었다.

뚜뚜뚜뚜 ―
딸칵,
소리와 함께 심장이 철렁.

직원   Hola.

딸   오…… 올라.

그다음 말은 듣지도 않고, 문장을 까먹을까봐 눈을 꽉 감고 천천히 말했다. 내 머릿속 스페인어 단어들이 휘발하기 전에.

딸   (스페인어) 저는, 산토도밍고 성당에서,

       그라나다 버스터미널, 까지, 가고, 싶어요.

직원   #@#%&%^#$@#%^$ (못 알아들음.)

콜택시회사 교환원이 프로페셔널하게 다음 안내를 하는 듯 들렸으나

모른다, 대답.
어렵다, 스페인어.
그러나
부른다, 택시.

딸 (스페인어) 저는, 가고 싶어요. 산토도밍고 성당, 에서,
그라나다 버스터미널까지.

직원 @%$#^^##$%@#$@#^%$% (못 알아들음.)

딸 저는, 산토도밍고 성당, 에서, 그라나다 버스터미널에 가고 싶어요.

직원 @%#$^#$%^#$%#$^ (못 알아들음.)

딸 (스페인어) 저, 스페인어, 잘 못해요. 그러나. 저는 산토도밍고 성당에서, 산토도
밍고 광장에 있는 성당, 네, 여기에서. 그라나다, 버스, 터미널에, 가고 싶어요.

직원 @#%@#$%#$%$#%@#$%@% ¿Cuándo?

딸 오!

¡Cuándo!
꽌도!
'언제'가 꽌도잖아!

딸 지금요 지금! 지금! ¡Ahora!

직원 @#%$#^ 10분.

딸 오 10분! 1시 10분에! 산토도밍고 성당에서! 택시!

직원 (웃음) 네.

딸 감사합니다!

직원 (계속 웃음) 감사합니다.

아마 전화 받으신 분도 이런 식으로 택시를 부를 수 있다는 사실에 놀라셨을 것이다.

딸 1시 10분에 택시 온대. 지금 나가자.

왜냐하면 택시를 놓쳤거나 놓친 것인지 확인하고 싶어도 그런 확인 전화를 할 수 없기 때문에, 망부석처럼 지금 당장 나가서 기다리는 게 정신건강에 이로우니까요.

엄마 너는 어떻게 스페인어로 대화를 다 하냐.

아빠 우리 딸 아주 대단하네.

대화는 안 했습니다만. 복창만 앵무새처럼 했어요. 하지만 그런 건 어머니 아버지가 굳이 알 필요 없지.

딸 뭐 이 정도 가지고. 하면 다 하지. 가자!

마드리드로 돌아간다.

결국
대사관 문을
두드리고

우등버스는 아침 7시 마드리드공항에 도착했다. 그 어느 때보다 잘 잤다. 종착점이어서 지나칠지 걱정할 필요가 일단 없었고, 이제 여권의 난을 해결한 것이나 마찬가지라는 생각에 침대에서보다 잠이 잘 왔다. 공항에서 부은 눈으로 커피에 빵도 한 판 하고 대사관에 도착했다. 한국어가 들리니 그 어느 때보다 마음이 편해졌다.

여권 재발급 과정은, 현장에서 서류를 작성하고 수수료, 여권 사진을 접수하면 된다. 우리가 도착하고 나서 얼마 뒤에 다른 한국분이 들어오셨기 때문에 혹시 순번이 밀릴까봐 빠르게 움직였다. 딸은 속기사마냥 서류의 공란을 의사 차트 수준의 스피드로 채우고, 그사이 아빠는 여권사진을 찍으러 부스로 이동. 채운 서류를 손에 들고 여권사진이 나오자마자 샤샤샥 잘라서 얼른 접수를 마쳤다.

소파에 깊게 앉아 거실에서처럼 다리 한쪽을 꼰 아빠의 미소에 드디어 영혼이 돌아왔다. 아마도 아빠는,

여권 없이 타지에서 마음 졸이는 여행객 신세가 드디어 끝나는구나. 그간 얼마나 마음고생이 심했던가. 무뚝뚝하게 웃지도 않으면서 입으로만 "여권 그거 잃어버릴 수도 있지" 하는 딸과 "덕분에 마드리드를 다시 다 가보네" 하면서 또한 경련하듯 입만 웃었던 아내와 동행했던 지난날…… 나는 더이상 무증빙 신분의 외국인이 아니야. 여권이여 나에게 오라! 패스포트 컴온! 서러웠던 3일 이제 패스!

……같은 생각을 하셨으리라.

여권은 20분 만에 나왔고, 재발급의 기쁨을 안고 우리를 도와준 구세주, 스페인에 사는 지인에게 식사를 대접하러 스테이크집에 왔다. 아빠는 '한턱 쏠 테니 스테이크집을 예약해달라고 하자'고 했다. 막연히 '사줄 테니 좋아하는 식당 예약해달라고 해'라고 하면 고르는 사람 입장에서도 부담스럽고, 배려하느라 너무 저렴한 식당을 예약하려고 할 수도 있기 때문이다. 아빠 기준에서 스테이크 전문점은 보장된 맛이면서도 어느 정도 이상의 가격대를 보장해서 감사를 표하기 좋고, 동시에 메뉴 선정에 대한 부담도 덜게 할 수 있는 최적의 아이템이었다. 지인이 고기를 좋아하는 것 역시 딸에게 들어 알고 있으니 그럴싸한 선택이었다.

근 10년을 알고 지내는 동안 홀로 여행하는 딸을 항상 친척처럼 챙겨주었던 고마운 친구. 그를 드디어 만난 엄마와 아빠의 기쁨은 최대치였다. 여권 공포에서 탈출했고, 한국어로 마음껏 대화할 수 있는 존재를 만났고, 고기는 두툼하고 와인은 맛있었다. 딸의 식성을 잘 알고 있는 친구는 배가 터지도록 고기를 주문해주었고, 인당 한 근씩을 먹은 일가족은 마냥 이 순간이 행복하다. 식전빵이 나오자마자 "이거 올리브유에 소금 뿌려가지고 찍어먹으면 맛있어요" 하는 교포 친구가 되게 멋있어 보이고, 현지인만 아는 꿀팁 하나 전수받은 것 같아서 이래저래 너무나도 행복하다. 레드와인에 디저트, 후식까지 와장창 먹는 동안 이 이국적이면서도 지극히 한국적인 분위기에 취해 시간이 가는 줄 몰랐다.

시간이 가는 줄 몰랐다.
시간이 가는 줄 몰라서,
바르셀로나행 비행기를 또 놓쳤다.

사그라다 파밀리아,
너만 몰래 들어줘

바르셀로나행 비행기를 또 놓치고 기차로 들어온 날, 멘탈 회복을 위한 쌀국수를 먹었다. 내가 할 수 있는, 해야 할 마지막 조치였다. 홀로 여행하던 시절 외로움에 살갗이 쓰라리거나 되는 일이 없어 기분이 땅을 파고 들어가기 시작할 때면 언제든 쌀국숫집을 찾아 한 그릇을 비웠다. 항상 나를 구원했던 베트남의 맵고 뜨끈한 국물이 엄마 아빠의 멘탈도 단단히 잡아다가 제자리로 돌려다놨다.

다음날인 오늘은 겁이 없었다. 오전 일정을 산뜻하게 휘뚜루마뚜루 넘기고 나면 나는 반차를 낸다! 반일짜리 가우디 투어를 예약했기 때문이다. 오후 시간 중 일부를 할애해 주요 관광스폿을 알려주는 투어가 최근에는 굉장히 많은데, 이게 패키지여행과 자유여행의 장점만을 딱 딱 취하는 땡큐한 시스템이다. 엄마 아빠가 엄청나게 기대하는 사그라다 파밀리아성가족 성당와 가우디의 건축세계를 나보다 만 배 정도 재미있게, 3만 배 정도 신뢰감 있게 전달하면서 동시에 우리가 중요하게 생각하는 식사나 자유로운 일정 등은 그대로 유지할 수 있는 투어. 설명해주시는 것 그 자체도 유용하지만 이 구세주 같은 가이드님의 혜자스러운 인도가 있는 한 우리 자식들도 마냥 여행하는 여행자의 마음으로 돌아가 뇌를 비우고 풍경 속에 젖어들 수 있는 것이다. 오세요 ~ 하면 오고, 가세요~ 하면 가는 것이 이토록 행복한 것이었다니. 가이드님이 우리에게 상냥한 눈빛으로 "그럼, 이동할까요?" 하고 말씀하셨을 때 나는 마치 "우쥬메리미" 고백이라도 들은 표정과 말투로 "네!!! 예스!!!" 하고 졸졸졸 따라갔다. 나는 이때 처음으로 알게 되었다. 몸은 요리조리 따라다니느라 정신없을지언정 생각을 하지 않을 수 있는 시간이 공식적으로 주어지는 것 역시 진정한 휴식일 수 있다는 것을. 해박한 지식과 프로다운 인솔로 저에게 여행의 설렘을 되돌려주신 가이드님 감사합니다. 무차스 그라시아스예요. 따봉, 쌍따봉!

엄마 　어머나!

엄마는 이미 눈에서 하트가 뿜어져나온다. 멀리 보이는 성당을 향해 앞으로 전진하며 1보에 1장씩 사진을 찍느라 걸음이 늦어진다. 엄마, 빨리 와, 하고 말하려던 찰나

가이드님 　사진 제일 이쁘게 나오는 곳을 제가 알려드릴게요. 다 같이 갈게요~
엄마 　어머 그래요? 그만 찍어야지.

그렇지!

이것이 프로의 손길이야. 엄마는 내가 멈추던 때와 달리 일말의 의심 없이 휴대폰을 거두고 순종적으로 가이드님을 따라나선다. 가이드님이 알려준 스폿에 다다르자 마음 놓고 포토타임을 이어갔다. 나 역시, 다음에 갈 곳을 찾느라 구글 지도에 머리를 처박거나 하는 일 없이 한껏 광대가 올라간 채 그 모든 사진에 참여한다. 누려야지. 암, 누려야죠! 이제 저도 가이드가 있는데요.

> 가이드님   가우디 선생께서 이 성당의 총책임자로 임명되셨을 때는 서른한 살이었다고 해요.
>
> 딸   엄마 내가 지금 서른하나야. (여행 당시)
>
> 엄마 아빠   ……. (일동 말을 잇지 못하고.)

엄마 딸은 성당을 짓기는커녕 주일미사 나가란 말도 안 들어서 속을 터트리는 데 말이에요.

엄마 아빠 입장에서 가우디는 엄친아인 것이다. 스펙 오져, 신앙심 오져, 한창 활동하실 당시에는 스폰서도 빵빵해서 하몬 다리 100개쯤 설 선물로 뿌리셨을 것…… 나이를 듣자마자 이상한 망상에 빠져드는 딸.

사그라다 파밀리아에 대한 엄마 아빠의 기대가 워낙 컸고, 이쯤에서 한 번쯤 쉬어가도 좋겠다 싶어 가이드투어를 신청했지만 가이드님을 따라 이야기를 들을수록 잘했다는 생각이 들었다. 하루를 꼬박 들어도 알 수 없었을 디테일들을 설레는 표정으로 멋지게 설명해주신 가이드님. 바르셀로나가 좋아 여행 왔다가 눌러앉게 되었다는 내 또래의 가이드님은 설명 그 자체도 훌륭했지만 상기된 표정과 설레는 말투로 우릴 투어에 빠져들게 만들었다. 이 많은 디테일과 아름다운 스테인드글라스를, 예전에 나는 어떻게 그렇게 빨리 지나쳤을까? 관광지에 올 때마다 작은 아름다움을 하나하나 발견하기 좋아하는 엄마, 그걸 카메라에 조용히, 그리고 꼼꼼히 담는 아빠. 그 사이에서 나는 처음 이곳을 찾은 신자처럼 서서 새삼 가슴 뛰는 경험을 했다. 엄마 아빠와 함께해서 좋았다. 가끔은 모든 걸 천천히 보는 엄마의 느린 걸음이 더디게만 느껴졌고 관광지의 유명 건축물 스토리와 역사를 중요하게 생각하는 아빠의 관점이 옛날 사람 같다고 느껴왔지만, 이 두 사람과 함께가 아니었다면 이날 사그라다 파밀리아에서 겪은 감정을 느낄 수 있었을까? 바르셀로나 기념품숍에서 사는 마그넷 속 아이템에 불과했던 관광지가 다른 모습을 하고 내 앞에 나타났다. 함께 와서 참 좋았다.

엘리베이터로 올라왔다가 뱅글뱅글 걷는 계단 앞에서 소녀 같은 엄마에게 피곤하지 않은지 물었다. 엄마는 "어머나" 할 때와 같은 얼굴로 "아니?" 하고 돌아봤다. 나중에 알았지만 패키지여행만 했던 엄마는 이탈리아 밀라노 두오모 성당조차 멀리서 사진 하나만 찍고 들어가보질 못했다고 한다. 그토록 와보고 싶었던 사그라다 파밀리아에서 성당 한 곳에서만 오롯이 걷고 느끼고 내다보는 시간들이 엄마에게는 선물 같았을 것이다. 엄마가 좋아서 나도 좋아.

엄마   민지야, 몇 년 후면 다 짓는대지? 그때 또 오자.

딸   어떻게 와. 무슨 수로.

아빠   우리 딸하고 또 오면 좋겠구먼.

딸   됐어～

　그냥 '그러자～' 해도 됐는데, 나도 마음 한구석에 엄마 아빠랑 또 올 수 있으면 좋겠다는 생각이 들어선지 빈말이 안 나왔다. 진심으로 그런 소망 같은 게 생기니까 막상 엄마 아빠가 그런 말을 꺼냈을 때 쑥스러워서 그냥 그렇게 말했다. 오히려 다음엔 언니도 같이, 형부도 같이, 귀여운 조카들도 같이 오고 싶어졌다. 성당 이름이 성가족 성당이라서, 그런 날이 오면 좋겠다는 생각을 나 역시도 하고 있었던 순간이었다. 그런데 동시에 그게 너무 드라마에나 나오는 꿈같이 느껴져서 그 요원한 상상이 갑자기 슬퍼졌다.

　어느 순간, 너무 피부에 와닿는 꿈이 생기면 그게 이루어지지 않는 경우 내가 작아질까봐 지레 겁이 난다. 여행의 막바지에 와 있던 내게 처음으로 여행의 끝을 마주하기 시작한 순간은 아마 그때였던 것 같다. '다음에 또 오자' 같은 흔한 말이 목구멍에서 나오지 않았다. 이런 날이 또 올까? 너무 또 오고 싶은데. 지금 우리가 보내는 1분 1초가 어떤 것인지, 갑자기 빠르게 피부로 와닿기 시작했다. 길을 찾고, 짜증을 내고 하는 사이에 내 볼을 스쳐지나간 공기와 순간들을 나는 10년 후, 20년 후 어떻게 기억하게 될까.

　그때 결심했다. 여행기를 꼭 남기자고. 우리가 이걸 열심히 복기하는 데에만 쓰여도 좋겠고, 혹시 또 알아? 그게 꿈같은 소중한 상상을 현실로 만들어줄지도 몰라. 추억에는 힘이 없지만 그걸 어떻게든 남겨서 매일매일 끊임없이 그리워하면 어느 날 또 일 벌이는 원동력이 되기도 한다. 그런 식으로 혼자인 나를 스페인으로 몇 번이고 데려왔던 기적이, 우리 가족한테도 일어날지도 몰라.

항상 엄마 아빠가 기도를 하면 옆에서 사진만 찍곤 했는데, 나가기 전 엄마 아빠가 기도를 할 때 몰래 눈을 감고 성호를 그었다. 그리고 들키지 않게 짧고 굵은 기도를 했다.

'우리 가족이랑 여기 또 오고 싶어요.'

평소에 '요즘은 성당을 잘 안 나가기 때문에 기도빨이 있다'고 말도 안 되는 주장을 항상 했는데, 그 궤변이 진짜였으면 좋겠다고 생각하면서 성당을 나섰다. 가우디가 성당의 완공시기는 신만이 알고 있다고 하셨던 것처럼, 엄마 아빠에게 목소리로 전하기도 왠지 막막했던 내 소원이 이루어질지도 신은 알고 계시겠지. 우리는 그저 오늘 우리가 느끼는 감정들을 놓치지 않고 가슴에 꾹꾹 담아서 매일을 소중히, 흘리지 않고 기억하며 보내면 된다. 딱 하루 반 남은 시간, 지금부터라도 매 순간을 마음속에 선명히 새겨야겠다고 새삼 다짐했다.

관광객이 이렇게 멍때리고 자기만의 감상에 젖어 있을 때, 가이드님이 말했다.

"자, 그럼 저희 이동할까요?"

세상에 너무 완벽해. 이 유난 청승을 떨고도 그냥 따라만 가면 여행이 이어진다니. 감격에 겨워서 얼른 쫓아가며 대답했다.

"네!"

가이드 딸의
마지막 근무,
구엘 공원

　마지막 코스는 구엘 공원. 반일 가우디투어에는 빠져 있는 코스였고 안 가려고 했는데, 엄마 아빠가 〈꽃보다 할배〉에서 본 구엘 공원은 안 가냐고 슬쩍 묻는 바람에 황급히 추가된 코스였다. 당연히 구엘 공원이 코스에 있을 것이라 예상했던 엄마 아빠에게 이곳에서의 셀카를 선물하지 못한다면 여행 후 '꽃할배'로 추억팔이를 할 때 구엘 공원 파트에서 항상 쾅쾅 가슴을 치게 될 것이었다.

　엄마 아빠에게는 금기어가 몇 개 있는데, 그중 하나는 망향 휴게소였다. 내가 태어나기 전 언니(아가리가이드)가 아직 아가였던 시절, 먼길을 운전해 가던 중 허기가 져서 망향 휴게소에 들렀다. 규모가 크지 않은 휴게소에는 가락국수 트럭이 있었다. 누군가는 아이를 안고 있어야 했고 날은 추웠기에 아빠가 먼저 차에서 내려 가락국수를 먹었다. 아빠가 급하게 먹고 얼른 다시 차에 타면 엄마는 비교적 여유 있게, 릴레

이로 먹을 생각으로.

아빠가 엄동설한에 후후 불어가며, 안경에 습기가 차도록 가락국수를 먹는 장면을 엄만 침을 꼴깍 삼켜가면서 지켜봤다. 빨리 먹어서 교대를 해주려던 아빠의 열정은 엔간한 먹방프로 저리 가라 수준으로 매 젓가락 한가득 면을 입안으로 밀어넣었고, 그걸 면치기하듯 후루룩 빨아들이는 아빠의 입을 보면서 엄마는 얼른 먹고 싶다 생각했다. 아빠가 한 그릇을 해치우고 엄마 것을 주문하려는데, 아빠가 먹은 가락국수가 마지막이라는 청천벽력 같은 소릴 들었다. 미리 알았다면 한 그릇을 나눠라도 먹었을 텐데, 통통 불지 않은 면에 따뜻한 국물을 먹으려던 엄마 아빠의 계산이 완전히 빗나갔다. 엄마는 허기진 채로 휴게소를 나와 다른 대체할 것을 찾지 못하고 서럽게 여행을 계속했다.

이 망향 휴게소 가락국수 이야기는 지금도 항상 회자된다. 아빠는 아이를 안은 아내를 굶기고 망향 휴게소에서 혼자 면전에서 먹방 찍은 야속한 남편의 굴레를 쓰고 맛있는 국수를 먹을 때마다 그때 얘기 또 하는 건 아니겠지 긴장한다. 어제 엄마 아빠가 '당연히 여기까지 왔으니까 가는 줄 알았네~ 아니, 예정에 없었으면 안 가도 돼' 하는 순간 가이드인 딸은 확신했다. 아니다. 가야 돼, 이거. 이거 망향 휴게소 된다.

예상대로 두 사람의 구엘 공원 리액션은 역대급으로 좋았다. 화려한 것, 아기자기한 것보다 우위에 있는 것이 '내가 TV에서 본 것'인 엄마 아빠의 스페인 여행에서 구엘 공원은 심지어 화려하고 아기자기하기까지 하니 안 좋아할 이유가 없었다.

딸　엄마, 구엘 공원은 구엘이라는 아저씨의 스폰을 받아서 가우디가 만든 주택 단지 같은 거래. 되게 디자인이 특이하고 그렇잖아, 이 높은 데에. 규모도 워낙 크고 공사도 어려웠을 거고. 그래서 빗물 같은 것도 식수로 활용할 수 있게 실용적으로 만든 흔적이 많은 거야. 그래서 이 예쁜 주택단지는……

미분양 사태가 났어.

엄마　어머 어떡해?!

미분양 소리에 고개를 돌리시는, 부동산으로 재미 본 적이 평생 없으신 분. 이사 할 때마다 아파트값을 까먹으시며 환갑을 맞으신 분.

엄마　어머 어떡하면 좋아……. 그래서 너무 특이하게 지으면 안 돼. 안 나가.

가우디 선생님, 구엘 씨, 저희 엄마가 그렇게 될 줄 아셨대요.

딸　응. 완공도 다 못한 상태였고 분양도 다 안 됐고…… 구엘 아저씨가 그렇게 미친듯이 돈이 많았던 건 아니었나봐. 그래서 바르셀로나 의회가 나중에 이 노는 땅을 사서 공원으로 만든 거래.

엄마　어머나…… 지을 때 얼마나 돈이 들었을 거야.

구엘 공원의 슬픈 미분양 전설을 이야기하며 출구로 나간다. 구엘 공원의 상징, 타일로 만든 도마뱀상이 있다. 스페인 여행 전체에서 마지막 미션은, 밀려드는 관광객 사진부대 앞에서 엄마 아빠의 기념사진을 확보하는 것이다! 반드시 찍지 않으면 망향 휴게소 가락국수가

된다. 나 혼자 왔을 때는 찍어줄 사람도 없고, 다음 사진타임을 노리는 기싸움에 말려들기도 싫어서 그냥 넘어갔지만 우리 손님들은 그걸 용서하지 않으실 거야.

이 관광객 뚫고 사진 찍기 작전은 사전작업이 굉장히 중요하다. 하지만 일행이 있다면 별로 어렵지 않다. 앞사람이 찍는 모습을 지켜보고, 그다음에 자연스럽게 오는 사람 뒤에 서서 마치 그게 줄인 양 선량하게 서 있는다. 그러다가 내 바로 앞, 두번째로 찍는 사람이 두 장 이상 찍었다! 싶을 때,

딸   엄마! 저기 가서 서! 이제 우리 찍으면 돼!

언어와 상관없이 큰 액션으로 이야기한다. '다음에 찍을 사람 나야 나, 나 엄청 기다렸다, 찜꽁했다'를 어필한다. 그후 두번째 관광객이 빠지면 역시 팔을 크게 휘휘 둘러 일단 엄마를 포토라인에 세운 후 찍는다. 엄마를 두 장 찍고 나면 나와 같은 수법을 쓰려는 다음 관광객을 발견하게 될 것이다. 그러면 엄마를 도마뱀 포토존에서 빼지 않은 상태에서 다시 한번 오버하며 소리를 지른다.

딸   아빠 들어가! 투 샷 찍을 거야!

좋았어. 투 샷도 찍었다. 그러면 자연스럽게 엄마와 아빠는 셋이서 찍게 너도 누구한테 부탁한 후 오라고 할 것이다. 그러나 엄마 아빠의

사진을 확보했으면 굳이 나까지 욕심내지 않는다. 뒤에 서 있는 관광객들이 "꽉씨, 저럴 거면 애초에 셋이 찍든가!" 할 수도 있고, 내가 들어와서 카메라 작동법 설명하는 사이 엄마 아빠의 뒤통수에 따가운 눈초리가 꽂힐 수도 있기 때문이다. 일단 투 샷 찍기에 성공하고 나면,

> 딸   엄마 나와! 아빠 독사진 찍게 빠져줘!

아빠 독사진까지 건진다. 그러면 두 사람의 독사진과 커플사진을, 주변의 방해 없이 하이패스로 찍을 수 있다.

> 딸   오케이! 이동합니다! 식사시간입니다!

가이드님들 마음 너무 잘 알겠고요. 관광객이 터지는 사진 스폿에서 손님들의 추억을 남겨드리려면 낭만 따위 점점 더 없어지는 것입니다. 됐다. 고래고래 사진찍기 전쟁에서 승리한 후, 민망한 기억 따위 도마뱀의 벌린 입속으로 욱여넣고 우리는 식사 장소로 이동하면 되는 것이다.

엄마의 카카오톡 프로필 사진을 확보했다. 수고했어, 오늘도!

아빠가
은퇴 기념으로
삐졌다

귀요미 조카를 위해 과용을 했다. FC바르셀로나 유니폼을 공금으로 산 것이다. 뒤에 이름도 마킹했다. 세 살짜리 조카가 나이키의 바르셀로나 공식 유니폼을 입어 무엇하겠냐만, 그리고 우리는 마그넷 하나 사길 주저하는 실속형 관광객이건만, 손자와 조카 앞에서는 자연스럽게 지갑이 열린다. 이걸로 여행이 막바지에 왔음을 실감하면서 저녁을 먹으러 갔다.

공식적인 마지막 저녁식사. 소금을 빼달라고 해보았자 어차피 짭짤하게 나와서 한소리는 꼭 듣게 되는 파에야와 하몬 플레이트를 시켰다. 오늘따라 식당에 가족 단위 손님이 많이 보였다. 두고 온 가족들이 생각났다. 두고 왔다는 말은 이상하고, 우리 셋이 올 수 있어서 온 것뿐인데 좋은 것을 앞에 두면 자꾸 그리운 것들이 다 '두고' 온 것 같다. 좋아하는 사람들에게는 행복할 때 더 미안해진다. TV 속에서 부러운 장면들을 보면 거기 있는 나를 상상하는데, 내가 좋은 곳에 막상 오면 데려오고 싶은 사람들을 하나씩 의자에 배치해보는 나를 발견한다. 그건 와인이 한 잔 두 잔 넘어갈 때마다 더 선명해진다. '저 가족 참 보기 좋네' 하고 바라보던 가족은 어느 순간 그냥 캔버스가 된다. 거기 우리 언니도 올려보고, 거기 우리 조카도 올려보고. 식당 한 켠에서 나 혼자 꾸는 짧고 아기자기한 꿈.

딸   우리 뭐 좀더 시킬까? 안주가 떨어졌네.

엄마 엄만 배불러서 아무것도 못 먹겠어.

아빠 민지야 하몬 이거, 한 판에 얼마였니?

딸   20유로 정도? 하나 더 시킬까?

아빠 아빠는 하나 더 했음 좋겠는데.

웬일이래. 아빠가 요리 주장을 하고, 그것도 같은 걸 두 번씩이나.

엄마 차라리 다른 요리를 하나 더 시켜~ 똑같은 걸 뭘 또 먹어.

아빠 하나 시키자.

엄마 아휴 돈 아깝게~ 차라리 딴 걸 먹지.

차라리 더 비싼 다른 음식을 시키면 모를까, 이미 먹은 안주를 또 시키다니. 요플레 뚜껑 안 핥아먹고 버리는 것처럼 금액과 상관없이 사치스럽다는 생각이 드는 엄마. 그냥 맨날 하는 대화가 이어지는구나, 하면서 손들고 주문을 하려는 찰나, 아빠가 말했다.

요리를 시킬 때, 엄마는 항상 메뉴판의 가격을 함께 보는 사람이고 아빠는 기분좋게 일단 먹고 보자는 사람이다. 아빠는 열심히 일을 해서 아내와 자식을 먹여살린다는 기쁨에 살던 사람이고, 엄마는 아빠가 벌어온 돈을 알뜰살뜰 저축해 쪼개 쓰는 것으로 아빠가 가져온 생활비로 가성비 높은 행복을 뽑아내는 게 일이었던 사람이다. 물론 전업주부인 엄마가 있었기에 아빠가 안정적으로 월급을 벌어올 수 있었고, 일가족의 집안일을 하면서 가계를 운영하는 것도 보통 노동이 아니기에 아빠의 월급에는 엄마의 지분이 상당하다는 걸 나는 알았지만 나와 다른 세대인 엄마의 생각은 달랐다. 아빠가 뭔가를 사자고 하면 일단 저지하는 것이 엄마의 직무였다. 엄마는 익숙하게 가격을 따지는 사람 역할을 수행하고 있었다. '더 비싸도 차라리 딴 걸 먹지' 같은 말은 엄마의 평소 패턴을 생각할 때 과감하고 쿨한 절충안이었다.

평소 우리집에서 아빠는 '나 이거 시켜줘' 하는 경우가 잘 없다. 아빠의 의견이 없다기보다는 일단 가족들이 뭘 먹고 싶어하는지 대답을 기다린 후 특별히 생각나는 게 없다고 하면 그제서야 몇 가지 예를 든다. 나는 그럴 때 내가 특별히 먹고 싶은 게 없으면 아빠가 제안한 선택지 중에서 처음 것을 고르는 편이다. 아빠가 제일 먼저 떠오른 건 그거였을 거고, 나머지는 다른 가족들이 좋아할 법한 것을 선택지로 제시했을 것이니까. 4분의 1의 확률로만 아빠가 정말 먹고 싶은 것을 말해보는 것이다. 그래서 엄마도 아빠가 뭔가 먹고 싶은 게 확실히 있는 것 같다 싶으면 그렇게 몰아가준다. 그런 방식 없이 아빠가 '나 이 거 꼭 먹을래!' 하는 일은 드물었다.

그래서 우리는 각자의 역할대로,
나는 아빠가 이야기를 꺼냈을 때 그냥 시키면 되지 하고 주문하려고 했고, 엄마는 가게 운영 노하우를 살려 그게 가성비에 맞는 일인지 코 멘트를 했는데 우리가 처음 듣는 대답이 돌아왔다.

그래, 우리집에서 아빠가 '나 죽어도 이거 먹을래!' 했던 적이 얼마나 있었을까. 은퇴여행의 마지막 저녁이 되어서야 아빠는 나 생선통조림 도 먹고 싶다, 하몬도 또 한 판 먹고 싶다 하는 것이다. 나는 거의 매 식 사에서 하고 있는 것이 아빠에게는 이렇게 많은 세월을 돌아와 귀국을 앞두고서야 하게 되는 것이다. '그거 뭐 얼마 한다고? 내가 이렇게 먹 고 싶은데. 그냥 시켜~' 같은 말을 나는 쉽게 많이도 했다. 지가 돈 벌 기 시작한 다음부터는 '어휴 내가 낼게 내 입에 들어갈 건데, 시켜 시 켜' 하기도 했다. 여행 내내 참 싫은 게 없고 꼭 해야겠다고 우기는 것 도 없었던 아빠가 그런 말을 해준 것이 나는 고맙다는 생각이 들었다. 처음 여행을 시작했을 때 느꼈던, 아빠가 '이야, 여기 진짜 좋구만!' 할 수 있을 법한, 아빠가 신나서 이것도 시키고 저것도 시키고 하는 것을 보고 싶었는데 지금까지는 항상 안내하면 잘 먹고, 나오면 다 좋다고 하고 해왔기 때문이다. 아빠의 두번째 하몬 플레이트가 없었다면 나는 이 여행이 미완성이라고 느끼고 돌아갔을지도 모를 일이다. 그런 점 에서 아빠가 그렇게 말해서라도 원하는 걸 시킨 것은 참 좋았다.

엄마   아니…… 아깝다는 게 아니라. 똑같은 거니까……

물론 그 말이, '여차저차하니 이번만은 시키고 싶다'는, 좀더 길고 다정한 문장이었어도 좋았겠다. 하지만 그 순간에 아빠는 그보다 더 격하게 서운했을지도 모를 일이다. 정말로 먹고 싶은 걸 흔치 않게 어필했을 때 들은 '아깝다'는 말이 마치 '온전히 내가 원하는 대로 뭔가를 주문하는 것'을 내 아내가 아까워한 것처럼 와닿았는지도 모를 일이다.

어쩌면 엄마 아빠 그리고 나. 우리 모두에게 아빠의 은퇴여행을 계기로 필요한 것은 이런 연습이 아니었을까? 항상 집안을 보호하고 이끌고 양보하던 모습에서, 가끔은 가족 구성원 중에서 그걸 원하는 게 나 혼자더라도 한 번쯤은 이야기하는 연습. 처음이니 서툴렀고, 그게 엄마와 나를 당황하게 만들기도 했지만 나는 이 짧은 순간을 지금도 아주 의미 있었던 대화로 기억한다. 지금부터는 조금씩 아빠와 엄마가 조금씩 자기가 원하는 일을, 우리에게 조금 더 편하게 이야기할 수 있게 되면 좋겠다. 물론 그게 쉽지는 않다. 나는 언제쯤 우리 엄마가 생선을 구워서 제일 큰 걸 차지하고 먹게 만들 수 있을까 고민스럽다. 엄마는 생선 생각이 없다고, 큰 토막을 턱턱 아빠와 언니와 내게 나눠주고 작은 것을 차지한다. 나는 그런 게 싫다. 그래서 여러 번 이야기하다가 계속 밥상머리에서 이걸로 옥신각신하는 게 싫어서 그냥 알았다 하고 포기한다. 언젠가 엄마가 제일 큰 생선 하나를 엄마 앞접시로 툭 갖다놓고는 쿨하게 먹는 날이 오면 정말로 기쁘겠다고 생각한다.

아빠의 두번째 하몬 플레이트처럼.

두번째 하몬 플레이트가 오고, 우리는 다들 기분좋게 붉어진 볼로 지난날들을 회상했다.

딸 아, 진짜 너무 좋았다. 그치? 다음에는 꼭 언니네랑 같이 와야지.

엄마 그래 진짜 좋다. 엄마는 우리 민지 시집 안 가서 너무 좋아.

네, 그렇습니다, 여러분. 다들 잘 모르시죠? 의외로 부모님은 시집 안 간 딸을 좋아합니다. 매일 시집 시집 해서 스트레스라면 스페인으로 모셔와서 하몬 두 판에 와인을 부어라 마셔라 해보세요. 뭐든 다 아름답고 긍정적으로 받아주는 부모님을 발견하게 될 것입니다.

딸 그래 얼마나 좋아.

아빠 시집은 안 가도 되는데 연애는 해라.

딸 알았다고. 그거나 잡솨.

평소 안 하던 메뉴 우기기를 실천한 아빠, 비혼의 딸이 결혼하지 않아 다행이라는 마음의 소리를 내뱉은 엄마, 마지막 식사에서 유종의 미를 거둔 딸. 우리 모두는 각자를 향해 다른 마음을 안고 서로에게 '수고했다'고 건배를 했다. 수고했어요. 아빠와 엄마의 계절이 넘어가는 순간에 함께할 수 있어서 다행이야. 더 많이 서운해하고 삐지고 고마워하고 건배하면서 서로를 배우고 견디는 새로운 계절을, 스페인에서 맞았다고 생각해. 잘 삐지고 잘 안아주는 방법도 더 열심히 배워보기로 해요. 알았지? 아저씨한테 배운 대로 포크말고 검지와 엄지로 하몬을 쥐고 반대편 손에는 잔을 들고 이제부터 시작하는 거야. 살룻_{건배}!

왔던 모습
그대로

카탈루냐 광장에서 사진을 찍는 엄마 아빠를 두고 잠깐 어딜 좀 다녀오겠다고 냅다 달렸다. 그라나다에서 샀던 빈 엽서를 가지고 근처 우체국으로 냅다 뛰었다. 혼자 여행을 할 때 항상 하던 행사 같은 것이다. 과거가 될 지금 내가 언젠가의 현재로 보내는 편지. 창구 앞에서 순간적으로 떠오르는 정제되지 않은 몇 줄의 글을 써서 미래의 엄마 아빠에게 보냈다. 여독도 풀리고 캐리어도 자리를 찾아 다용도실로 들어갈 때쯤, 또 바쁘다고 유세를 부리면서 카톡도 씹을 딸에게 온 전화처럼 엄마 아빠를 찾아갈 예정이다. 똥볼펜으로 갈겨 적은 가벼운 마음 딱 그만큼만, 일상 속에서 피식 웃으면서 안방 어딘가에 잘 살아남으면 좋겠다.

호스트에게 마지막 인사를 남겼다. 엄마 아빠에게 첫 외국인 친구가 되어준 고마운 사람들을 대표해 마지막 호스트와 사진을 찍었다.

여권의 난을 가까스로 해결한 후 비행기도 놓치고, 기차로 겨우 온 우리를 위해 지하철역 엘리베이터가 내리는 입구부터 우리를 기다려준 고마운 친구. 체크인 시간이 바뀌고 번거로울 법한데도 우리의 사정을 이해해주고 엄마 아빠가 캐리어를 끌고 갈 때 고생하지 않도록 지하철 엘리베이터까지 안내해주었다. 졸지에 손이 많이 가는 게스트가되었지만 손을 타는 동안 느낀 따뜻함이 우리 여행의 중요한 기억으로 남겨졌다.

도시 간 이동의 피곤함과 스트레스를 언제나 유쾌한 첫인사로 리셋해준 고마운 나의 스페인 사람들. 마드리드에서, 그라나다에서, 세비야에서, 론다에서, 바르셀로나에서, 그렇게 모든 도시의 현지인들이 아빠의 은퇴와 엄마의 첫 자유여행을 축하해주었다. 그래서 우리는 여행의 고독에 매몰되지 않고 항상 다시 시작할 수 있었다. 그러고 보니 이번 여행은 위기가 올 때마다 조력자들이 나타나서 방향을 꺾어줬다. 그때마다 항상 더 좋은 기억들이 남겨지고, 그렇게 안내된 루트들이 이 여행을 완성했다. 멀리서 보면 그 수많은 선과 꺾임이 우리의 여행을 작품으로 만들어준 셈이었다. 반듯하거나 막 둥글지는 못했지만, 그러니까 양산하기 더 어려운, 리미티드 에디션이고 유일한 것. 마냥 행복했던 수많은 시간 속에서 세월이 지날수록 기억에 남는 것들은 결국 우리가 힘들 때 구세주처럼 나타났던 사람들과 그 안에서 느꼈던 온기가 아니었을까 생각하게 되었다. 자유여행은 어디든 자유롭게 갈 수도 있지만 또한 자유롭게 우리를 당황시켰다. 그때마다 자유롭게 참여해준 카메오들 덕에 패키지여행을 벗어난 엄마가, 버스에서 내린 아빠가, 깃발을 접은 내가 용기를 낼 수 있었다.

돌아가는 비행기에서, 엄마 아빠와 마지막 기내 식사를 한다. 건배와 함께 기내식을 한 판 먹고 나서, 이제 한숨 자려고 목베개에 바람을 부는 찰나

"귤 줄까?"

귤?
귤이요?
귤이 아직도 있다고?

엄마   계란도 있어~ 체리도 있고. 하나씩 가져가. 팔아야 해.

엄마의 위풍당당 터질 듯한 광대. 에어비앤비 냉장고에 남았던 계란을 언제 또 삶았는지, 귤은 또 언제 챙겼는지. 엄마, 몇 번 말해. 그러니까 어깨가 아프잖아. 괜찮다니까.
엄마 덕분에 스페인의 마지막 맛을 손에 거머쥐었다. 조심조심 과육을 씹으면서 감탄과 경악을 한 번에 맛본다. 영화 같은 순간이기도 하

고 로맨틱하면서도 되게 생활의 현장이고 막 기분이 그래. 우리 엄마랑 여행하면 이런 묘미가 있구나.

여행하는 내내 놀리곤 했지만, 나갈 준비 하느라 정신없고 내 짐만 싸 갖고 다니기도 무거운 와중에 언제나 아빠와 나를 위해 주섬주섬 과일을 씻어서 챙겨다녔던 우리 엄마. 그 유난스러움과 배려가 딱 내가 살면서 본 엄마의 삶과 닮아 있었다.

엄마가 나를 사랑한 방식은 '귤 줄까?'에 축약되어 있다.
어린 시절부터 나를 대할 때 아빠가 뒷짐을 지고 지켜본다면 엄마는 내가 신경쓰지 않는 것까지 항상 한 발 앞서서 걱정하고 자꾸 입에 뭔가를 넣어주고 싶어한다. 나이가 들어갈수록 나는 나의 취향과 내나름의 삶의 사이클을 갖게 되었다. 엄마가 준비한 귤들이 내가 원하는 타이밍도 품목도 아닐 수 있지만, 그래도 엄마는 준비해두고 기다린다. '귤 팔아야 되니까 먹어줘' 하면서. 나와 엄마 사이에도 점점 그 '귤'을 대처하는 방식과 같은 삶의 룰이 생겨난다.

아주 어릴 때는 아마도 그저 아 하고 먹었을 것이고, 좀 머리가 크고 나서는 내가 '안 먹는 거 알면서 왜 가져와' 하면 엄마가 '너는 왜 엄마가 굳이 챙겨오는데 매정하게 안 먹냐' 하던 그런 시절도 있었으리라. 지금의 우리는 '팔아야 되니까 먹어줘' 하며 도와달라는 화법으로 내게 좋은 음식을 먹이는 엄마와 '무겁게 이런 것 좀 들고 다니지 마~' 하고 짜증내며 먹고는 '맛은 있네' 하고 툴툴대며 감사하는 딸의 구도로 바뀌었다. 서로의 캐릭터는 바꿀 수 없고 고집은 점점 강해져 가지만, 각자의 캐릭터를 이해하면서 나름의 방식으로 권하고 받아먹는 패턴을 점점 만들어가고 있다. 함께 나이들어가는 우리에게 귤을 주고받는 방식은 앞으로도 바뀌어나갈 것이다. 변하지 않는 것은 엄마가 언제나 마음속에 나에게 주고 싶은 귤 같은 것들을 간직하고 있다는 것이다. 삶이 바빠 내가 그 사실을 잊고 지낼 때도 말이다. 귀엽고 행복한 사실이다. 언제나 손을 뻗으면 나에게 귤을 줄 수 있도록 가방에 귤을 간직한 엄마가 있고, 언젠가 정말 힘들어질 때 엄마의 가방 속 귤을 생각하면서 돌아볼 내가 있다는 것.

오는 길에도 자리가 텅텅 비었다. 아빠에게 누워서 갈 수 있도록 의자 네 개를 차지하고 누우라고 권했는데, 아빠는 괜찮다며 다시 두 여자에게 침대석 같은 자리 두 줄을 양보했다.

여전히 레드와인에 이어폰만 있으면 싫은 게 없는 아빠와,
마지막까지 귤을 탑재하고 비행기를 탔던 엄마.
여전히 돌아오는 비행기에서도 열 번 넘게 본 같은 영화를 다시 틀어놓고, 엄마 아빠 자는 사이 기내 혼술 파티에 정신이 없는 딸.

우리는 계속 우리인 채로, 그러나 조금은 달라진 시선으로,
그렇게 여행을 끝냈다.

Epilogue

행복했던
환장 수기를
마무리하며

여행이 끝났다. 온라인에 연재된 여행기도 끝났다. 생판 모르는 남의 집의 지극히 개인적인 여행기를 읽어주고 소문내준 고마운 사람들은 관대하기가 마치 제 자식 보는 부모님 같아서, 작은 에피소드에도 기운나게 공감해주고 소문도 많이 내주었다. 그 결과 많은 분들의 도움에 의해 손에 잡히는 종이책이 되었다.

가족단톡방에서 떠들어대던 이야기가 이제는 엄마, 아빠, 아가리가이드 언니의 책장에도 꽂힐 거라 생각하니 새삼 신기한 기분이 든다. 준아, 책에 나온 아가리가이드는 너희 엄마야. 준이가 엄마에게 좋은 추억 만들어주는 동안 할머니 할아버지 이모한테는 이런 일이 있었어. 준아, 그리고 여행 이후에 태어난 솔아, 아마 너희 엄마는 환갑이 넘을 때쯤 이 책을 볼모로 너희에게 가이드의 직책을 맡길지도 모르고, 일 때문에 떠나지 못한 둘 중 하나는 2대 아가리가이드가 될지도 모르겠구나. 어느 쪽이든 쉽지 않으니 신중하게 결정하렴. 빡세지만 재미는 있단다.

무엇보다 이 이야기의 두 출연자, 엄마 아빠에게 감사의 인사를 보내고 싶다. 특히 지극히 딸의 관점에서만 조명되고 편집되어 두 분 입장에서는 심히 편파적이고 왜곡되었다는 인상을 지울 수 없었을 글에 대해 단 한 번도 이의제기 없이 묵묵히 독자의 자리를 지켜준 것에 대해서 말이다. 엄마 아빠는 SNS도 하지 않고 메신저 프로필에조차 본인 사진을 잘 올리지 않는 사람들인데, 모르는 사람들을 대상으로 일상의 일부가 전시되었는데도 딸이 작가라는 이유로 이 모든 작업을 그저 응원하고 지켜봐주었다. 그런 무언의 지지가 없었다면 마지막까지 힘차게 글을 써내지 못했을 것이다. 동시에 이 책 속에 있는 두 사람은 나의 관점에서 쓰인 인물인 만큼 그걸 감안해 따뜻한 눈으로 봐주시기를 독자 여러분께 부탁드리고도 싶다. 어딘가 편치 않은 일면이 보였다면 어디까지나 내가 잘 담아내지 못한 탓이다.

여행이 일상에 엄청난 변화를 가져다주지는 않지만, 이따금 즐길 만한 약간의 양념을 추가하기는 했다. 우리는 마트에서 리오하와인을 사다 마시며 그라나다의 타파스 바에서처럼 시답잖은 이야기로 밤새기를 좋아한다. 물론 곁들여 먹기 가장 좋은 타파스는 책 속에 담긴 스페인 이야기다. 매번 스페인 여행 프로그램 다시보기를 하면서 '저것 참 맛있겠다' 하던 장면을 돌아와서도 다시 본다. 차이점이 있다면 이제 나란히 앉아 코 평수를 넓히며 '저것 참 맛있었지' 할 수 있게 되었다는 점이다. 스페인에서 저런 걸 앞에 두고 연습한 덕에, 각자의 삶과 마음 이야기를 예전보다 겁먹지 않고 나눌 줄 알게 되었다. 여느 가족들이 그렇듯 아직도 완벽하지 않지만, 가족이란 게 애초에 완벽할 이유도 방법도 없는 것이니 그 사실을 위안 삼으며 건배를 한다.

엄마 아빠와 여행을 또 가고 싶다. 하지만 동시에 굳이 여행의 방식을 빌리지 않더라도 여행 갔을 때처럼, 내일도 이어질 동행을 위해 오늘 서로를 좀더 관찰하면서 현재 가진 것을 기뻐할 줄 알려고 노력한다. 사실 여행을 떠나는 일보다 그게 훨씬 어렵다. 굳이 어딘가로 떠나지 않더라도 함께하는 지금이 실시간으로 과거가 되는 중임을 잊지 않으려고 한다. 그게 하필 부모님이니까, 더 애틋하게 다짐하게 된다. 여기 있는 것, 일상에 있는 것, 함께 있는 것, 지금 있는 것을 그 자체로 새삼스러워하고 감사해야 한다는 것. 우리가 함께 보낸 오늘이 하몬이고, 추로스고, 알함브라의 석양이고, 되찾은 여권이라는 걸 항상 자각하고 싶다.

끝으로 평범한 가족의 이야기가 또다른 평범한 가족들의 책장 한켠을 차지할 수 있도록 노력해준 분들과 종이책으로 만들 결심을 하기도 전부터 출판을 기다려준 독자분들에게 감사의 마음을 전하고 싶다. 우리 엄마 아빠 이야기에 많은 시간을 할애해주셔서 감사합니다. 적게 일하고 많이 버시고 얼떨결에 성공하세요. 무차스 그라시아스!

Adiós

걸어서
환장
속으로

1판 1쇄 발행   2019년 4월 8일
1판 4쇄 발행   2023년 2월 20일

글   곽민지
사진   곽노열 정명자 곽민지

책임편집   변규미
편집   박선주
디자인   최정윤
마케팅   정민호 이숙재 박치우 한민아
              이민경 박진희 정경주 정유선 김수인
홍보   함유지 함근아 김희숙 고보미 박민재 정승민
제작   강신은 김동욱 임현식

펴낸이   이병률
펴낸곳   달 출판사
출판등록   2009년 5월 26일 제406-2009-000034호
주소   10881 경기도 파주시 회동길 455-3

✉   dal@munhak.com
🐦f📷   dalpublishers

전화번호   031-8071-8683(편집)
              031-955-8890(마케팅)
팩스   031-8071-8672

ISBN   979-11-5816-092-0 03810

이 도서의 국립중앙도서관 출판예정도서목록(CIP)은
서지정보유통지원시스템 홈페이지(http://seoji.nl.go.kr)와
국가자료종합목록시스템(http://www.nl.go.kr/kolisnet)에서
이용하실 수 있습니다. (CIP제어번호 : CIP2019010755)